UN LOUP À CROQUER

ROMANCE DRÔLE ET SENSUELLE À KINSHIP COVE

COMPAGNONS & MACARONS

ELLIS LEIGH

EBook ISBN: 978-1-954702-48-6
Paperback ISBN: 978-1-954702-49-3

Correction de la version originale : Lisa Hollett, Silently Correcting Your Grammar, LLC
Couverture par : Kinship Press
Traduit par : Valentin Translations
Pour toute demande, contactez ellis@ellisleigh.com

CHAPITRE UN

COCO

LLE FAIT D'ÊTRE INVITÉE AU MARIAGE DE SON EX-PETIT AMI posait question à une femme à propos de toutes les décisions qu'elle avait prises au cours de sa vie. Et si ceci, ou si cela. Si j'avais fait ceci au lieu de cela, alors j'aurais cela au lieu de ceci. À rendre fou ! Mais aussi et surtout, c'était extrêmement dérangeant. Et décourageant. Et… tous les autres mots en dé– auxquels je ne pensais pas.

Bien sûr, c'était plutôt chouette de posséder une affaire avec mes sœurs. J'étais même passée au niveau supérieur l'année précédente en achetant une maison. Un charmant petit pavillon, dans une rue tranquille bordée d'arbres qui masquaient le ciel comme une canopée lorsqu'on la parcourait en voiture. Très conte de fées. Ma maison avait même une palissade blanche. Sur le papier, je contrôlais ma vie : j'étais talentueuse, accaparée par ma carrière et j'avais du succès. Sur le papier, j'aurais dû être très, très heureuse, pourtant parfois le papier mentait.

En l'occurrence, mon papier ne mentait pas *exagérément*, c'était plus de l'inexactitude par omission. Il ne mentionnait pas le seul domaine dans lequel j'avais de réelles lacunes : ma vie amoureuse, qui était consternante. Malgré tous mes efforts, je n'arrivais *pas* à gérer le côté sentimental de ma vie. J'avais essayé. Souvent.

J'étais quasiment sûre d'être sortie avec tous les beaux partis de la ville… Et quand je parle de beaux partis, je veux parler d'humains et de métamorphes. Bien sûr, Kinship Cove, où j'avais toujours vécu, n'était pas une ville classique… Les activités paranormales y étaient légion et elle attirait les hommes et femmes qui pouvaient se métamorphoser en animaux. Lorsque j'étais enfant, j'en avais traité quelques-uns de loups-garous. À l'adolescence, j'avais appris que le mot correct était métamorphe et je m'étais évertuée à étudier ceux de ma communauté afin de devenir une bonne voisine et une bonne amie. À l'âge adulte, je les appelais *amis*, *pairs*, et les hommes que j'aurais mieux fait d'éviter de fréquenter – les célibataires –, *faux pas numéro six, douze et dix-huit.*

Le numéro dix-huit étant celui qui allait se marier et organiser la plus grandiose cérémonie jamais tenue à Kinship Cove.

Un mariage pour lequel mes sœurs et moi, propriétaires de la pâtisserie *Un amour de gâteau*, avions été engagées pour nous occuper des desserts.

Un mariage auquel mon ex – qui avait littéralement rompu avec moi par mail après avoir trouvé son âme sœur – venait de m'inviter. Par SMS.

— Ce mec doit vraiment apprendre à passer un coup de fil ou à envoyer une lettre, commentai-je en tapotant mes doigts sur le comptoir en réfléchissant à une réponse adaptée.

Va te faire voir, bisous était définitivement trop sec et manquait de professionnalisme. *Tu plaisantes* me semblait trop rhétorique. *Mince, je serais ravie* était tout bonnement… hors de question. Où se trouvaient mes sœurs quand j'avais besoin d'elles ?

— Si tu n'arrêtes pas de froncer les sourcils en regardant ton téléphone, tu risques de rester comme ça.

Misty, la jeune femme qui travaillait derrière le comptoir et s'occupait des clients – métamorphes et humains –, éclata de rire lorsque je levai les yeux au ciel en la regardant.

— Que peut-il y avoir de si grave pour que l'humaine la plus pétillante de tout Kinship Cove fronce les sourcils ?

Je ne me sentais pas vraiment pétillante.

— J'ai reçu un message, dis-je en posant mon téléphone, toujours incertaine de ma réponse. Il vient de Nico.

Le regard qu'elle me lança aurait effrayé toute autre femme.

— Il veut quoi maintenant, ce *sale cabot* ?

Cabot. Parce qu'il se métamorphosait en chien. Dès le départ, Misty n'avait pas aimé Nico et avait dit qu'il n'aurait pas dû me mener en bateau car je n'étais pas son âme sœur. Je l'avais ignorée, même si je savais comment les métamorphes trouvaient leurs compagnes. Mince, les deux autres métamorphes avec qui j'étais sortie avaient trouvé leur âme sœur *pendant* qu'ils étaient avec moi. Je m'étais dit que le premier était un coup du sort. Pour le deuxième, j'avais mis ça sur le compte du hasard. Ça ne pouvait – ça ne devait – pas arriver à nouveau. Alors je m'étais précipitée dans une relation avec un métamorphe capable de se transformer en loup, préférant croire que le sort ne pouvait plus m'atteindre.

Je m'étais trompée, lourdement trompée.

Après deux mois à essayer de me remettre d'un cœur brisé par la brutalité de ma rupture avec Nico, j'admis que j'aurais dû suivre son conseil. Les âmes sœurs gagnaient toujours, peu importait l'intérêt que portaient les métamorphes à leurs autres compagnons. C'était la raison pour laquelle j'avais fait le vœu de ne jamais plus sortir avec des métamorphes. C'était inutile de se lancer dans une relation avec une bête que le sort allait briser en mettant leurs âmes sœurs sur leur chemin, comme cela s'était produit avec Nico. Et Justin. Ou encore Charles.

Sérieusement, j'aurais dû me louer à des métamorphes solitaires. J'imaginais l'annonce… *Sortez avec Coco Chance pendant un mois ou deux, et vous trouverez votre âme sœur. Satisfait ou remboursé. Il suffit de faire semblant de l'aimer et qu'elle s'éprenne de vous et son cœur se brisera en mille morceaux quand vous la quitterez. Remise sur présentation de ce coupon !*

Pouah ! Non merci.

Je fus apparemment trop longue à répondre, car Misty dit tout à coup :

— Je ne sais pas pourquoi tu continues à lui parler. Non, attends, je sais pourquoi… parce que tu es quelqu'un de bien.

— Merci.

— Et que tu es stupide, aussi.

— Je retire mon merci.

— Ça me va, mais il est en couple. *En couple*. Pas marié, même si ça ne devrait plus tarder, même pas simplement dans une relation. Il est lié à elle d'une façon que la plupart des humains ne peuvent comprendre. Le sort lui a fait une fleur qu'il ne pouvait refuser… impossible de revenir en arrière.

Étant une femme qui pouvait se transformer en la plus mignonne, la plus douce et parfois la plus méchante des renardes que j'avais jamais rencontrées, elle savait de quoi elle parlait. Moi ? J'étais toujours au stade de l'apprentissage. Grandir dans une ville au milieu de créatures mythiques était une chose… mais sortir avec elles était une tout autre histoire qui, chaque fois, faisait déraper ton univers. Et j'en avais souffert par trois fois.

Plus jamais.

— Ce n'est pas moi qui le contacte.

— Mais tu réponds quand il t'envoie un message.

— Eh bien… oui. Pourquoi pas ?

— Euh, je ne sais pas. Peut-être parce que *pas*, répondit Misty en soupirant.

Elle avait sur son visage l'expression de quelqu'un qui rappelle à un gamin entêté les raisons pour lesquelles il ne doit pas jouer dans la rue. Avec moi dans le rôle du gamin têtu, bien entendu.

— Écoute, Coco. Tu es quelqu'un de gentil.

Ça n'avait pas l'air d'un compliment.

— Où tu veux en venir ?

— Tu es *trop* gentille. Tu irradies la douceur et la lumière, et ça me rend les choses sacrément difficiles.

— Le fait que je sois gentille complique ton travail derrière le comptoir ?

— Non. Le fait que tu sois fichtrement gentille au point de permettre à ton ex-petit ami – qui t'a larguée à l'instant où il a croisé son âme sœur – de te draguer alors qu'il sait que sa compagne l'émasculerait si elle savait, ça rend la tâche qui m'incombe de vous accompagner, vous trois sauvageonnes, dans le monde des métamorphes difficile.

— Ce n'est pas pour cela que nous te payons.

— Si je n'intervenais pas de temps en temps, vous risqueriez de commettre quelques horribles erreurs. Comme cette fois-là, l'été dernier, quand le beau gosse aux cheveux noirs te draguait. Quand on aurait dit que tu étais sur le point de lui fondre dessus sans même lui demander de quelle espèce il était.

— Ça me semblait grossier.

— Chérie, dans ce monde, la grossièreté, c'est ce qui t'évite de sortir avec un métamorphe qui se transforme en mouffette. Dois-je te rappeler comment ça aurait pu se terminer ?

Pouah ! Non. Vraiment pas besoin.

— D'accord, c'est bon. Je suis une idiote d'être aussi gentille. Je ne peux pas m'empêcher de répondre aux personnes qui me parlent.

— Les textos, ce n'est pas une conversation… et des textos d'ex-petits amis, c'est soit un plan cul soit une erreur en perspective. Peut-être même les deux. Ignore-le.

Je réfléchis longuement à ses paroles, suffisamment longtemps pour me permettre de terminer une fournée de mes célèbres éclairs et que ma sœur, Madeleine, arrive au magasin. Elle se plongea immédiatement dans la création de la pièce montée que nous devions livrer le lendemain soir pour la répétition générale. Et moi ? Je m'évertuais à ignorer Nico. Pendant un moment qui me parut des heures.

Pourtant, je ne parvenais pas à accepter le bien-fondé des conseils de Misty.

— Quoi, encore ? demanda Misty lorsqu'elle me surprit à froncer les sourcils en regardant mon téléphone.

— C'est juste que je…

— Ne me dis pas que tu envisages de répondre à Nico.

— Eh bien, en fait...

— Non. Et définitivement non. Tu ne peux plus, mais alors plus jamais, lui envoyer de textos. Tu n'as aucune raison valable de le faire.

Ça risquait d'être gênant.

— C'est une invitation.

— Pour quoi ?

— Pour le mariage.

Son visage devint impassible, mais ses yeux... Oh, comme ses yeux étaient brillants et durs en me fixant. Je connaissais ce regard : son côté renard était à deux doigts de percer. Cette petite renarde avait un fond de méchanceté très développé, et je n'étais pas très fière d'avoir attiré son attention.

— Il t'a invitée à son mariage par texto, répéta Misty d'une voix sèche en détachant chaque mot de manière claire.

Ce n'était pas une question, et oui, d'accord. Présenté ainsi... Mais s'il n'avait pas de manières, cela ne signifiait pas qu'elle devait agir de même.

— Probablement que je devrais répondre à l'invitation, n'est-ce pas ?

— Je dois admettre que ce mec a un sacré culot, lâcha-t-elle avec humeur en se dirigeant vers l'arrière du comptoir d'un air las.

Même la toujours sereine Madeleine la fixait avec méfiance, des écouteurs dans les oreilles. Elle n'avait probablement pas la moindre idée de ce dont nous parlions, mais comprenait que quelque chose tracassait notre inébranlable responsable clientèle. Nous avions déjà eu des files d'attentes de clients qui rouspétaient lorsque nous avions été en rupture de leurs cookies préférés, pourtant je n'avais jamais vu Misty avoir l'air à bout.

C'était nouveau.

— Misty ?

— Je réfléchis, marmonna-t-elle entre ses dents, faisant toujours les cent pas.

Elle avait l'air d'une femme qui ne trouvait pas la solution à son problème. C'était vraiment nouveau. Madeleine disparut à l'arrière, faisant vraisemblablement semblant de chercher quelque chose dans la réserve. C'était très prudent, cependant nous allions devoir avoir une petite discussion à propos du fait qu'elle m'ait abandonnée avec une métamorphe renarde cinglée. Pas sympa, Madeleine. Pas sympa du tout.

— Je devrais peut-être envoyer un message à Ginger.

Mon autre sœur était celle qui avait le plus d'expérience avec les hommes. Littéralement. Elle n'avait honte de rien et tout un tas d'histoires de rencards ratés ou réussis.

— Elle saura probablement que faire.

Misty ne me répondit pas, alors je fis ce que j'avais prévu : j'envoyai un message à ma sœur la plus délurée et croisai les doigts.

Moi : Je crois que j'ai énervé Misty.

Ginger : Qu'as-tu fait ? J'arrive dans deux minutes pour la calmer.

Moi : Rien d'intentionnel. Nico m'a encore envoyé un texto, pour m'inviter à son mariage cette fois-ci. Ton avis ?

Les bulles de réponse s'affichaient instantanément car elle répondait en quelques secondes.

Ginger : Il t'a invitée par message ? Très classe. Tu as gagné le droit de baiser son père après la cérémonie.

La réponse de Ginger n'aurait pas dû me surprendre. N'aurait pas dû, pourtant ce fut le cas.

Moi : Ce n'est pas vraiment là où je voulais en venir.

Ginger : C'est ce que moi, je ferais.

Alors, ça, ça ne me surprenait pas. Je gardais les yeux fixés sur Misty en préparant le plateau d'éclairs à disposer à l'avant de la vitrine. Elle n'avait pas l'air de s'être calmée, ce qui signifiait que cela la tracassait vraiment. Ça me tourmentait également, mais en même temps ce n'était pas si choquant que cela. Nico avait toujours aimé attirer l'attention, et… eh bien, je tombais chaque fois dans le panneau. Du moins, avant. Avant qu'il ne trouve son âme sœur et me quitte sans un mot. À part quelques messages, ensuite, auxquels j'avais répondu par politesse. Et l'invitation à son mariage. Son *mariage.* Comme s'il n'était pas dans mon lit juste deux mois auparavant. Avant que *Boum* ! Le sort.

J'étais tellement idiote.

Alors que je terminais d'aligner les délicieuses pâtisseries nappées de chocolat, la clochette au-dessus de la porte d'entrée résonna dans la pâtisserie. Ce devait être Ginger : elle avait dit qu'elle serait là en deux minutes. Avec Misty hors service et Madeleine qui se planquait, j'avais besoin de ma sœur pour discuter et trouver une solution. Il me fallait une réponse à mi-chemin entre *Va te faire foutre, branleur* et *C'est génial*.

Un peu moins britannique.

Je me précipitai dans le magasin avec le plateau d'éclairs.

— Misty est toujours énervée, et il est hors de question que je me tape son père. C'est non négociable.

— Je regrette d'avoir un fils, alors.

Je glissai et me mis à chanceler en croisant un regard profond et sombre et en heurtant le comptoir. Il me souriait.

Puis je mourus de honte.

Pas littéralement... c'eût été beaucoup trop dramatique.

Mais il était si...

Je faillis lâcher le plateau.

Heureusement, l'homme saisit un des bords et le redressa, évitant une catastrophe gastronomique. Son bras se gonfla... Le mouvement le gonfla réellement, comme si ses muscles essayaient vraiment d'attirer mon attention. Ils n'avaient pas besoin de faire autant d'effort. Ce gars – ce client – était l'incarnation parfaite du mot *homme*. Grand et costaud, de larges épaules et la taille fine. Sa chemise noire enserrait ses bras, les manches roulées d'une manière qui me faisait saliver.

Les bras dans le porno, c'était une réalité, apparemment.

Les manches relevées laissaient apparaître un contour d'encre d'un côté, ce qui lui ajoutait une note de danger. Juste ce qu'il faut pour faire battre mon cœur. Il n'avait rien d'un jeune freluquet. Il avait les cheveux poivre et sel. Un vrai renard argenté dans ma propre pâtisserie.

Et juste quand je venais de dire que je ne coucherais pas avec son père.

Prends un plat, mets-y les pieds.

— Vous allez bien ?

Le ton de sa voix me provoqua des frissons dans le dos.

— Je suis désolée. Je pensais que vous étiez ma sœur.

— Ah d'accord, ça explique tout.

Un autre sourire, un autre frisson et je titubai légèrement en tentant de me diriger à nouveau vers le présentoir. Pourquoi mes jambes ne fonctionnaient-elles plus comme elles le devraient ?

— Si vous permettez, dit-il avec un sourire en prenant le plateau de mes mains pour le poser sur la vitrine de présentation. Vous savez, je ne sais pas si je dois prendre le fait que vous m'ayez confondu avec une femme comme une insulte ou non.

Il se tourna et croisa les bras sur son torse puissant et sculpté. Ses manches roulées remontèrent légèrement, dévoilant un peu plus de peau et d'encre et...

— Les femmes n'ont pas de tels muscles.

Prends un plat et mets-y carrément les jambes. Pourquoi avais-je décidé qu'ouvrir la bouche était une bonne idée ? Mon visage s'échauffa et je me mordis la lèvre tandis que son sourire s'agrandissait.

— Merci de l'avoir remarqué.

Comme si l'on pouvait faire autrement. Mais c'était un client... et un nouveau, en plus. Je ne l'avais vraiment jamais vu dans le coin, ce qui signifiait qu'il était probablement en ville pour le mariage. *Du calme, Coco. Reste calme. Carrée. Professionnelle.*

— Désirez-vous goûter quelque chose ?

Ça, c'était beaucoup moins professionnel – et largement plus coquin – que je ne l'avais anticipé.

— Je voulais dire... Désirez-vous manger quelque chose ?

Tais-toi, tais-toi, tais-toi.

Il fredonna, décroisa ses bras et me regarda de la tête aux pieds.

— En fait, je m'étais arrêté simplement pour un café, cependant goûter quelque chose me semble intrigant.

Oh mon Dieu, au feu ! J'étais en feu. Mon visage, mon cou, ma poitrine… et plus bas. Un véritable incendie.

— Je vous recommande les éclairs, dis-je d'une voix beaucoup trop rauque et saccadée. Ce sont mes préférés.

— C'est beaucoup de *douceur* pour commencer la journée. Je ne suis pas sûr de pouvoir le supporter.

Sa façon de prononcer *douceur* me liquéfia presque. Il y avait une étrange insinuation dans ce mot, une promesse. Comme s'il savait tout à fait qu'il la supporterait, mais qu'il ne parlait pas d'hyperglycémie.

— Vous ne le saurez jamais à moins d'essayer.

— Voilà un argument très convaincant, dit-il en regardant le plateau et en se remettant à fredonner. Écoutez, je vais vous proposer un marché… Je vais vous acheter un de ces éclairs très appétissants et un café. Je viens d'arriver en ville et il me faut quelque chose de sucré avant de me mettre au travail.

— D'accord. Mais quelle est ma part du marché ?

— Vous dînez avec moi ce soir.

Ce n'était ni une vraie question, ni vraiment une exigence.

— Oh… je…

Je me retournai en entendant Misty ouvrir violemment la porte de la cuisine. La métamorphe renarde ne semblait plus perturbée, mais réellement en rogne.

— Donne-moi ton téléphone. Je vais envoyer un texto à ce connard pour toi. Il n'a pas intérêt à s'attendre à ce que tu t'agenouilles devant…

Elle s'interrompit, écarquilla les yeux, et sa mâchoire tomba en apercevant l'homme qui se trouvait devant moi.

— Merde. Désolée. Je…

Un gargouillis résonna, une vibration dont j'ignorais la provenance. Du genre à m'envahir et à me donner envie de me frotter contre l'homme derrière moi et me lover dans ses bras. Je fis même un pas en arrière comme pour le faire… avec un étranger. Un *client*. Qu'est-ce qui clochait chez moi ?

En remarquant mon léger faux pas, Misty croisa les bras tout en continuant à fixer le client malgré le silence pesant qui s'installa à nouveau dans la pièce. Elle haussa les sourcils, et je reconnus ce regard. Un regard trahissant son état d'esprit.

— Nouveau en ville ?

Je me retournai vers l'homme en question, juste à temps pour apercevoir son petit rictus et un léger haussement d'épaules.

— Je suis là pour le mariage.

C'était évident, et ça signifiait qu'il ne s'attarderait pas en ville. Un léger voile de tristesse me parcourut, sans raison apparente. Je ne connaissais pas cet homme et pourtant l'idée de son départ me peinait, comme si nous étions amis de longue date. S'il le savait, il me prendrait probablement pour une bécasse.

Pas du type métamorphe… car les métamorphes oiseaux étaient rares, même à Cove.

— Je devrais retourner au travail, dis-je en effaçant l'image d'hommes se transformant en aigles ou en dindes de mon esprit. Misty, ce monsieur souhaiterait un éclair et un café.

Elle cligna des yeux, nous regardant lui et moi, tour à tour.

— Si tu le dis.

— Attendez.

Mon renard argenté me saisit le bras, son contact était doux et chaud.

— J'ai probablement été maladroit en vous le demandant, mais cela fait un moment que je ne l'ai pas fait. J'aimerais vraiment beaucoup vous revoir. Accepteriez-vous de dîner avec moi ?

Oh mon Dieu. Oh mon Dieu. Ses yeux. Ils me transperçaient, me donnaient envie de me dévêtir et de lui faire des cochonneries. Me donnaient envie d'accepter de faire tout ce qu'il me demanderait de faire. Cependant, mon cerveau posa un obstacle… ou peut-être même une douzaine.

— Je ne connais même pas votre nom.

Calme, Coco. Tout doux.

— Je m'appelle Magnus, répondit-il en lâchant mon bras et en lui tendant la main. Et vous êtes ?

— Je m'appelle Coco.

Je saisis la main tendue et le laissai m'attirer vers lui en haletant doucement lorsque je fus suffisamment proche pour sentir la chaleur qui émanait de son corps.

— Un nom tout à fait adapté à une si délicieuse personne. Alors, et ce dîner ?

Je n'arrivais pas à parler, je ne pouvais que hocher la tête, ce qui sembla lui suffire comme réponse.

— Excellent. Si je peux juste…

— Ce connard de bon à rien, s'écria Ginger en arrivant comme une furie, sans même un regard pour Magnus. Comment ose-t-il t'envoyer un message comme ça à l'improviste ? Je suis toujours pour l'idée de te taper son père, mais je sais que tu vas vouloir agir de manière responsable et polie. Je ne comprends pas comment nous pouvons être sœurs. Oh, mais, bonjour à vous.

Elle s'arrêta et adressa à Magnus un sourire auquel plus d'un homme aurait succombé. Je dus lutter contre mon envie de m'interposer entre elle et lui.

Je dus également réprimer l'envie de lui grogner dessus, mais ce devait être seulement une étrange réaction à… quelque chose.

— Ginger, je te présente Magnus, dis-je sans pouvoir m'empêcher de m'approcher de lui. Il est en ville pour le mariage et s'est arrêté pour une douceur. Voici ma sœur, Ginger.

La caresse de ses doigts sur mon bras me fit frissonner.

— Bonjour, Ginger.

— Bonjour à vous également. Je ne peux pas dire que nous avons l'habitude d'avoir des hommes aussi séduisants si tôt le matin, dit-elle en accentuant son sourire ravageur, ce qui me poussa à me pencher un peu plus vers Magnus. Y aurait-il quoi que ce soit d'autre que je puisse faire pour illuminer votre journée ?

J'allais la frapper.

Pourtant, Magnus resta calme, mais garda également une poigne ferme sur mon bras. De manière possessive.

— En fait, j'étais justement sur le point d'échanger quelques informations avec votre sœur. Elle a accepté de dîner avec moi ce soir.

Les yeux de Ginger s'illuminèrent et son sourire s'agrandit.

— Oh, eh bien, c'est tout à fait merveilleux. Elle a besoin d'une soirée en ville avec un homme séduisant. Ça fait un moment, pour elle, si vous voyez ce que je veux dire.

— Ginger, grognai-je.

Magnus ricana.

— Eh bien, je vous promets de la divertir. Par contre, je devrais vraiment retourner au travail. Coco ? dit-il en baissant le menton.

Ses yeux s'embrasèrent lorsque je croisai son regard pour m'y noyer.

— Je vais avoir besoin de votre numéro de téléphone.

C'était tellement dingue... si rapide et inattendu, et surtout quelque chose que je n'avais pas l'habitude de faire. Cependant, tout en cet homme me semblait si juste... tout m'attirait vers lui. Je pouvais m'asseoir, refuser le rendez-vous et me demander toute ma vie ce qui m'avait attirée si totalement et si rapidement chez un étranger. Ou alors, je pouvais oser et voir ce qu'il allait se passer.

Même si ça allait totalement à l'encontre de mon caractère, j'étais prête à tenter ma chance.

— D'accord. Bien entendu.

— Et, Coco ?

— Oui ?

Oh mon Dieu, il était si proche. M'enveloppant presque de sa... masculinitude. Était-ce seulement un mot ? Cela m'importait-il ? J'étais quasi certaine que la réponse à ces deux questions était non.

Magnus se pencha assez près pour me murmurer à l'oreille :

— J'espère que vous resterez ouverte à cette idée avec le père. Peut-être pas ce soir, mais...

Mais... et puis plus rien. Non que j'aie besoin qu'il m'explique ce *mais*. Ce qu'il impliquait était clair. Je coucherais avec un père si tout se passait bien. Mais pas avec celui de Nico. Et j'étais plus que d'accord avec cela.

Je luttai également très dur pour ne pas me contenter de dire oui et de lui demander de me ramener chez lui. Suffisamment dur pour que je me mette à bredouiller :

— Vous devriez vraiment essayer les donuts au citron.

Il cligna des yeux.

— Vraiment ?

— Ce sont mes préférés.

— Dans ce cas, je vais le faire.

Des donuts au citron. Putain, mais qu'étais-je en train de raconter ?

Concentre-toi, Coco. Concentration, bordel.

— Oh, Magnus ?

— Oui ?

Je me hissai sur la pointe des pieds pour m'approcher, pour le humer en lui murmurant à l'oreille.

— Je ne suis pas anti-papas de manière générale.

Sa main frôla ma hanche comme s'il voulait m'attirer contre lui.

— C'est bon à savoir.

— Et, Magnus ?

Il émit un autre ricanement rauque.

— Oui, Coco ?

— J'ai vraiment hâte d'être à ce soir.

Cette fois-ci, il me saisit la hanche et me rapprocha de lui, suffisamment près pour que mes seins se collent à sa poitrine, puis il se pencha et me dit en grognant :

— Moi également. Vous n'imaginez même pas.

Non, c'était vrai… mais j'avais hâte de le découvrir.

CHAPITRE DEUX

COCO

— TU ME RACONTES DES HISTOIRES, LÂCHA MAGNUS EN s'adossant à sa chaise.

Les yeux écarquillés, on aurait dit un homme à qui un scientifique venait d'apprendre que la terre était plate. Je n'étais pas scientifique et le monde n'était pas plat, cependant je considérais ma sœur comme une experte des rencontres en ligne, et je venais de lui raconter une de ses anecdotes les plus invraisemblables.

— Je suis tout à fait sérieuse. Elle s'est présentée au rendez-vous et l'homme était à bicyclette, la plupart de ses affaires dans un sac, et il n'avait plus de dents. Passer d'un homme d'affaires en costume et chemise à un sans-abri accro aux meths. Je crois que de sa vie, elle n'a jamais été aussi soulagée de se trouver dans un endroit public.

— C'est seulement…, répondit-il en secouant la tête et en tendant la main vers son café. Bizarre n'est pas assez fort.

Il prit deux gorgées et releva les yeux vers moi. Un regard si intense. Presque possessif dans sa manière de m'envelopper.

— Tu fais beaucoup… de rencontres en ligne ?

Oh. *Oh.* Ce silence. Magnus communiquait beaucoup par silences, et ils avaient un tous un fond de jalousie. Je dus réfréner mon envie soudaine de plastronner devant lui. Qu'un homme si viril, si séduisant devienne jaloux à l'idée que *je* fasse d'autres rencontres ? Immense compliment.

— Ça, c'est le domaine de Ginger, c'est elle la reine des rencontres en ligne.

— Donc pas de recherches en ligne pour toi.

— Pas de recherches du tout. On ne peut pas trop se fier à une photo, tu vois ce que je veux dire ?

Ma propre jalousie commençait à pointer le bout de son nez, je vis rouge et m'efforçai de garder une voix détendue.

— Et toi ? Beaucoup de recherches en ligne ?

Son petit sourire embrasa quelque chose en moi.

— Pour moi non plus, aucune recherche. Je préfère jouer les élégants superhéros et sauver les femmes en rattrapant leurs plateaux de pâtisseries. Ça me met plus en valeur !

— C'est vrai. J'ai été très impressionnée.

— Dans ce cas-là, je m'efforcerai d'être un superhéros tous les jours pour toi.

Son regard devint plus concentré, plus intense. Et son emprise sur moi s'affirma un peu plus.

— Ainsi, Ginger gère les rencontres en ligne, mais tu as une autre sœur. N'est-ce pas ?

— Madeleine. Elle est plus… eh bien, elle est adorable et un peu timide, alors elle a tendance à n'aller qu'aux rencontres qu'on lui organise. Même si ça reste plutôt rare.

— Et toi ?

— Moi ?

— Comment préfères-tu rencontrer les hommes avec qui tu sors ?

— J'aime les accoster avec un plateau d'éclairs pour voir comment ils vont réagir, ne pus-je m'empêcher de répondre.

Il s'enfonça dans son siège, les sourcils haussés et un petit sourire aux lèvres. Il avait presque un air arrogant.

— Raconte-m'en plus. Il faut simplement que je comprenne dans quel piège je suis tombé ce matin.

— Eh bien, tu vois, si l'homme réussit à sauver les éclairs, pour moi c'est un gagnant. Si tu m'avais laissée faire tomber toutes ces délicieuses pâtisseries ce matin, je ne serais pas ici ce soir.

— Je remercie le destin qui m'a doté de bons réflexes.

Le destin. Pas Dieu. Le choix de ce mot modifia complètement ma façon de le voir. Je le percevais différemment, comme un métamorphe, et ça résonnait dans ma tête. J'avais déjà beaucoup entendu l'expression *Je remercie le destin* en ville, et le fait qu'il l'utilise signifiait qu'il était métamorphe. Putain, dire que tout se déroulait si bien. J'avais juré de ne plus approcher de métamorphes après Nico. Et aujourd'hui, j'étais là à nouveau, à flirter, légèrement déçue. Peu importait l'attirance que j'éprouvais pour lui, peu importait s'il prétendait être attiré par moi, un jour ou l'autre le destin mettrait son âme sœur sur son chemin et *hop*... tout serait fini.

Nous étions connectés, il n'y avait aucun doute, pourtant cela n'avait rien de comparable aux liens entre âmes sœurs. Du moins, c'était ce que j'imaginais car je n'avais aucune idée de ce à quoi ça ressemblait, mais je l'avais vu à plusieurs reprises. J'avais été suffisamment investie dans ce genre de situations pour voir deux personnes faites l'une pour l'autre céder à la tentation. Pourtant, cette attirance, cette proximité que je ressentais pour Magnus, ne pouvait être la même chose. Si j'avais été l'âme sœur de Magnus, il en aurait parlé. Il me l'aurait dit ou il aurait agi de manière à ce que je sois à lui ou… il aurait fait quelque chose. Même si j'étais humaine. Je savais que les métamorphes et les humains se mettaient parfois en couple, et sincèrement, j'enviais ces couples. Les métamorphes étaient compagnons à vie… pas de marche arrière, pas besoin de deuxième chance, pas de séparation. Bien sûr, leurs relations n'étaient pas toujours parfaites, mais ce lien était indestructible.

Mon cœur, par contre, ne l'était pas.

— Où étais-tu ? me demanda Magnus en se rapprochant, l'air un peu inquiet. Ton visage affichait trop d'émotions pour que je puisse suivre.

— Désolée, seulement je… Ainsi, tu es métamorphe.

Soudain, il parut sur ses gardes.

— Oui. Cela pose-t-il problème ?

Était-ce un problème ? Cet homme était incroyable… séduisant, intelligent, amusant et gentil. Chaque partie de mon corps était attirée par lui, et surtout mes parties féminines. Elles étaient pratiquement en train de l'appeler depuis que nous nous étions rencontrés à la porte de mon restaurant, il était tellement sexy. J'avais regretté de ne pas lui avoir permis de venir me chercher à la maison pratiquement tout de suite, souhaitant au contraire être seule avec lui dans l'intimité pour que nous puissions mieux nous connaître, et ce avec beaucoup moins de vêtements.

Satanées règles de rencards pour filles célibataires.

J'avais été à deux doigts de le laisser venir me chercher comme un gentleman, mais Ginger avait tout gâché avec une seule histoire sur comment un rencard en ligne avait trouvé son adresse et l'avait harcelée pendant des semaines avant que son voisin métamorphe lion tape du poing sur la table pour y mettre un terme. Ou plutôt sa patte. Quoi qu'il en soit, je n'avais pas de voisin métamorphe lion, alors j'avais pensé que l'option la plus prudente était de rencontrer Magnus dans un lieu public.

Mais rien n'était prudent quand on parlait de Magnus. Il était le danger personnifié, surtout pour mon cœur. Je l'appréciais... beaucoup. Peut-être trop. Quelque chose était passé entre nous, quelque chose qui m'attirait vers lui. J'adorais ce qu'il me faisait ressentir et la facilité avec laquelle nous avions parlé pendant le dîner. J'aimais ses sourires et ses blagues, et son comportement d'homme mûr. Cet homme avait de l'esprit, de la classe, et un sacré sex-appeal… Que pouvais-je demander de plus ? Mais si dans quelques semaines, ou quelques mois, il trouvait son âme sœur et s'en allait ?

Eh bien, je lécherais mes plaies lorsque l'heure viendrait. Pas littéralement, car je n'étais pas comme les chats.

— Coco ?

Oh, mince. Il m'avait posé une question.

— Oui. Pardon.

Son sourire disparut et ses traits se figèrent. Je pris un instant pour repenser à la conversation jusqu'à ce que je réalise que je venais juste de répondre oui à sa question « Cela pose-t-il problème ? » quand il parlait d'être un métamorphe. Oups.

— Non. Je veux dire, non. Je veux dire… Je suis tellement désolée. Le fait que tu sois métamorphe n'est en rien un problème. Je suis déjà sortie avec quelques-uns.

Il ne parut pas ravi par ma réponse.

— Vraiment ?

— Dans cette ville, comment pourrais-je faire autrement ?

— Et ça ne te dérange pas ?

— Bien sûr que non, répondis-je tandis que les mises en garde de Misty me revenaient à l'esprit. Attends, tu ne te changes pas en mouffette, n'est-ce pas ?

Magnus parut vraiment insulté.

— Grands dieux, non. Je suis un loup.

Comme Nico. *Fantastique.*

— Je suis déjà sortie avec un loup. Je connais…

Son grognement m'interrompit. Je le fixai, incapable de détacher mon regard. Pas vraiment effrayée, plutôt… excitée. Ce son me faisait réagir d'une manière que je ne parvenais pas à expliquer. Je l'avais entendu aussi quand nous étions dans la pâtisserie. Je ne savais pas ce que c'était à ce moment-là, pourtant j'avais réagi de la même façon. J'avais envie de me blottir sur ses genoux et me pelotonner contre lui. Je désirais frotter ma joue contre la sienne pour apaiser la bête en lui. Mais ça pouvait être un peu gênant. Après tout, nous étions dans un restaurant huppé.

J'arrivais à identifier tous les métamorphes qui se trouvaient dans la salle. C'étaient ceux-là même qui s'étaient raidis en se retournant vers nous quand nous étions entrés. Ceux qui pouvaient l'entendre. Ceux qui ressentaient le danger. Mon rencard était dangereux. Vraiment, ça n'aurait pas dû être si chaud.

— Tu vas bien ? demandai-je en parlant à voix basse pour ne pas attirer encore plus l'attention.

Magnus toussa et son grognement s'atténua.

— Désolé. Je l'ai juste mal pris.

— Quoi donc ? Le fait que je sois sortie avec...

— Oui.

— Tu ne m'as pas laissée terminer.

— Je n'en avais pas besoin... le fait que tu l'aies fait répond à ma question.

Cet homme.

— Tu es jaloux.

Il plongea ses yeux dans les miens, affamés, prédateurs. Le loup en lui me fixait.

— Bien entendu que je le suis. Comment pourrais-je ne pas l'être, avec cette charmante et superbe jeune femme qui est mienne... mon rendez-vous ?

Si seulement je pouvais vraiment être à lui. Mais ceci, que l'on passe du temps ensemble, devrait suffire. Je pouvais jouer le jeu si cela voulait dire passer plus de temps avec lui. Toutefois, il faudrait que je protège un peu mon cœur. Que je garde une distance de sécurité avec tout lien émotionnel. C'était totalement jouable.

— Tu es un charmeur.

— J'essaie. Alors, dois-je comprendre que j'y suis parvenu ? demanda-t-il en se penchant un peu plus, toujours souriant et en tendant la main vers la mienne.

Je la lui donnai.

— Pour le moment, oui.

— Je m'en contenterai. Peut-être qu'un jour j'obtiendrai un oui retentissant, répondit-il en haussant un sourcil. Peut-être réussirai-je à obtenir que tu le cries plusieurs fois d'affilée.

— Coquin, monsieur. Très coquin.

— Seulement avec toi, ma douce Coco. Seulement toi.

Donc… peut-être que cette histoire de distance émotionnelle n'était pas si jouable que je le pensais au départ. Par contre, tout irait bien. Parfaitement. Je trouverais un moyen de le garder à distance.

Je l'espérais.

Magnus paya l'addition quand elle arriva sur la table, après avoir insisté bien que j'aie proposé de m'en charger. Il écarta aussi la chaise pour me permettre de me lever et garda une main posée dans le bas de mon dos lorsque nous sortîmes du restaurant. Des choses si simples, mais importantes. Il était tellement doux et avait tant d'attentions que beaucoup d'hommes ne semblaient plus avoir. Je tombais en pâmoison.

— J'ai passé un très bon moment, dis-je debout devant ma porte d'entrée et me sentant vraiment comme une ado à son premier rencard.

Magnus sourit et me regarda.

— Moi également. J'espère que tu me permettras de t'inviter à nouveau.

— Oui.

— Pas un *pour le moment oui*, mais un vrai oui ? Je dois m'améliorer.

— C'est le charme qui agit.

— C'est bon à savoir.

Il m'attira à lui et enroula ses bras autour de moi tandis que je me penchai vers lui. Il stimulait tous mes sens par sa présence.

— J'aimerais vraiment t'embrasser pour te souhaiter une bonne nuit, Coco.

Oh, merci, mon Dieu.

— J'aimerais beaucoup que tu le fasses.

Il s'exécuta. Une douce pression, une légère caresse de sa langue sur ma lèvre inférieure. Sa main se faisait plus pressante, me saisissant plus fermement, m'attirant contre lui. Lorsque je m'ouvris à lui, lorsque j'entrouvris les lèvres pour que ma langue touche la sienne, toute la douceur et la légèreté se transformèrent en rudesse et rapidité, et plus encore.

Magnus frotta sa langue contre la mienne, un grognement rauque montant de sa gorge qui me faisait gémir. Ce son l'encouragea. Il saisit l'arrière de mes cuisses et me souleva. J'enroulai mes jambes autour de sa taille et il m'appuya contre la porte d'entrée. Le bois était froid dans mon dos, mais je m'en fichais : Magnus était suffisamment chaud pour me réchauffer. Et son baiser – fort, entier, au goût de menthe – avait la douceur du dessert que nous venions de partager. Il se délecta de ma bouche comme s'il savourait un vin millésimé, il léchait, sirotait et grignotait mes lèvres comme s'il s'agissait du plus décadent des desserts. Il m'embrassait comme un homme qui aimait vraiment embrasser. Le baiser parfait au parfait moment, avec l'homme parfait.

Qui a un boulot ailleurs et une âme sœur parfaite l'attendant probablement quelque part.

Cette pensée eut l'effet d'une douche froide sur mon excitation. Je m'écartai, rompant notre baiser et cherchant de l'espace... littéralement de l'espace entre nous. J'avais le souffle court, tout comme Magnus, mais il me fallait un moment. J'avais besoin de garder les idées claires et de m'écarter de cette impression sauvage d'exactitude qui émanait de lui. Nous pourrions sortir ensemble, je pourrais l'amener dans mon lit, mais je ne pouvais pas oublier mon cœur, encore une fois. Pas après que Nico l'eut brisé en mille morceaux sans y penser. Pas après avoir mis tant de temps à me reconstruire la dernière fois qu'un métamorphe était entré dans ma vie.

De l'espace. De l'espace, c'était une bonne idée. Alors pourquoi m'accrochais-je ainsi à Magnus ?

— Coco ?

Le ton de sa voix me fit frissonner. Je voulais tant l'entraîner à l'intérieur et lui faire tout un tas de trucs coquins. *Ralentis* !

— Je devrais rentrer.

Magnus grogna doucement, mais acquiesça d'un hochement de tête.

— Bien sûr. Je suis désolé si je me suis montré trop entreprenant.

— Non.

Je me retins à ses bras alors qu'il me posait à terre. J'avais toujours envie de le sentir. J'en avais besoin.

— Ce n'est pas ça. Seulement je… je t'apprécie.

Il serra mes hanches.

— Je ne vois pas où est le problème.

Bien sûr qu'il ne comprenait pas. Je ne savais même pas comment lui expliquer mes inquiétudes.

— Il n'y a pas de problème. Simplement… je veux prendre mon temps.

— Bien sûr. Tout ce que tu veux… Nous irons à ton rythme, répondit-il en ouvrant la porte pour moi. J'ai l'impression que tu as dépassé l'heure d'aller te coucher. Laisse-moi m'assurer que tu es bien rentrée dans ta charmante petite maison, d'accord ?

— Serais-tu en train de ruser pour venir ?

Magnus grogna et me cloua au chambranle, m'écrasant de toute sa hauteur.

— Je viendrai partout où tu me le permettras, ma beauté. Mais pas ce soir.

J'avais tant de mal à respirer.

— Pas ce soir.

Magnus sourit et fit glisser un doigt le long de ma joue, frotta son nez contre le mien en m'embrassant avec une tendresse incroyable.

— Parce que tu veux prendre ton temps.

Oh cette voix.

J'aurais parié que Magnus réussirait à me faire décoller rien qu'en prenant cette voix rauque et sexy. Pourtant, en moi, il y avait cette facette qui bridait mes pulsions.

— Exact. Du temps. Je devrais… faire ça.

— Va te coucher, Coco. On se parle demain.

Il ne le ferait pas, mais j'aimais quand même la promesse.

— D'accord. Bonne nuit, Magnus. J'ai réellement passé une merveilleuse soirée.

— Bonne nuit. On se parle demain. Sois prête.

Comme si l'on pouvait se préparer à un homme tel que lui.

CHAPITRE TROIS

MAGNUS

Compagne. Le mot résonnait dans mon crâne, mettant à mal tous mes sens. J'avais rencontré ma compagne. Je ne m'y attendais pas – pas après toutes ces années –, mais quelque chose à propos de cette pâtisserie m'avait attiré. Quelque chose m'avait forcé la main et m'avait poussé à franchir la porte. Le loup en moi l'avait pratiquement exigé. Heureusement qu'il y avait longtemps que j'avais appris à suivre son instinct, autrement je l'aurais ratée.

Ma Coco.

Une superbe femme aux longs cheveux bruns, et un visage en forme de cœur qui irradiait de chaleur dès qu'elle souriait. Et des courbes à se damner… le genre de courbes qui donnaient envie à un homme de la saisir et de ne jamais plus la lâcher. Le type à lui donner envie de l'embrasser et de lécher la moindre imperfection. Et cette bouche… tout à la fois sa forme et ce qui en sortait. Cette femme était la tentation à l'état pur, un dessert décadent après un repas décevant. Je voulais la dévorer.

Le seul problème ? Elle était humaine. Humaine. Ce qui signifiait qu'il fallait que je prenne mon temps, que je lui laisse le temps de me connaître, moi et le loup qui m'habitait. Que j'aille un peu plus lentement que si nous étions tous les deux métamorphes. Je n'étais pas certain qu'elle ressente la même force qui l'unissait à moi que moi à elle, ni le même besoin de se mettre en couple pour finaliser nos liens. Pour une fois dans ma très longue vie, il fallait que j'avance lentement. Que je lui laisse le temps de me découvrir. Attendre le bon moment.

Toutes les choses que je savais *devoir* absolument faire. Toutes les choses qui me faisaient aussi complètement perdre la tête.

Ce fut ainsi que je me trouvai à pousser la porte d'*Un amour de gâteau* pour la deuxième journée consécutive, incapable de rester à distance. Je m'étais réveillé dur et douloureux, regrettant qu'elle ne soit pas dans mon lit. Désireux de me glisser dans sa chaleur moite et de la regarder se désagréger sous mon corps. Il fallait que j'aille courir avant de ne serait-ce que penser à entamer ma journée. Le loup en moi m'avait éreinté, épuisant mes muscles et non mon esprit. Je ne pouvais oublier la sensation de sa peau sous mes doigts, le goût de ses lèvres. La douceur de son corps contre le mien. Un baiser pour se souhaiter une bonne nuit et quelques instants volés à me frotter contre elle avaient suffi pour que je me retrouve vanné. Possédé. En couple.

Il était vraiment temps.

— L'homme séduisant revient.

Ginger, la sœur que j'avais rencontrée la veille, m'adressa un sourire en glissant un plateau de cupcakes aux couleurs vives dans la vitrine de présentation.

— Que nous vaut l'honneur de votre nouvelle visite ? Si vous répondez autre chose que ma sœur, je pourrais bien vous castrer.

Le fait qu'elle prononce cette phrase avec un sourire aux lèvres était peut-être un peu plus effrayant que si elle avait pris un air sérieux.

— Merci pour la mise en garde, mais soyez rassurée… je suis venu pour Coco.

— Bien. Venez à l'arrière… elle est en train de travailler sur les macarons pour une commande, dit-elle en attrapant un bout de papier sulfurisé en passant, puis en tendant la main pour prendre ce qui ressemblait à une sorte de viennoiserie.

— Un gâteau au beurre breton, expliqua-t-elle en me le tendant. Coco a fait un apprentissage avec un chef pâtissier français après l'école de cuisine. Elle fait des éclairs à mourir, mais ceux-ci sont un classique.

Je pris une bouchée, mais j'aurais plutôt préféré avoir le goût de ma compagne. Pourtant, la saveur sucrée et beurrée effaça toutes mes pensées en un instant. D'accord, pas toutes mes pensées – j'étais un homme capable de percevoir l'odeur de sa compagne dans l'air ambiant, putain –, cependant assez d'entre elles pour que je me concentre sur le biscuit l'espace d'un instant.

— C'est délicieux.

— C'est vrai, elle en prépare tous les jours. Si vous avez de la chance, elle vous en fera peut-être à la maison, rien que pour vous, dit-elle avec un sourire positivement mauvais en passant les portes de la cuisine à reculons. J'espère que l'exercice ne vous fait pas peur.

Je levai les yeux au ciel en réaction à ses provocations, même si je me dis qu'un jogging de plus par jour pourrait me faire du bien. Entre les sucreries et le désir qui bouillonnait en moi, un peu d'effort physique aiderait à nous contrôler, mon loup et moi. En plus, Kinship Cove était l'endroit idéal où passer un peu de temps sous ma forme de loup. Entre les bois, les autres métamorphes et la côte à l'ouest du village, cet endroit était fait pour un homme comme moi, qui préférait un peu de liberté pour satisfaire l'animal en lui.

Bien sûr, je vis ensuite Coco debout devant un plateau de disques roses, un sac triangulaire blanc entre les mains. L'idée même d'être séparé d'elle ne serait-ce qu'une seconde s'effaça de mes pensées. *Compagne. Mienne.*

— Hé, madame cookies, lança Ginger d'une voix forte. Tu as une livraison.

Mais Coco ne leva pas les yeux.

— Cinq minutes. J'ai juste besoin de cinq minutes pour terminer ceux-ci avant que la garniture ne se dessèche trop et que je ne puisse plus les assembler comme il faut.

— Je peux attendre.

Je souris et croquai dans le biscuit alors que Coco leva la tête d'un coup. Ce sourire, ces yeux sombres… putain, comme elle était belle. J'avais envie de la jeter au sol et de lui faire l'amour pendant des jours. Au lieu de cela, je dévorai son biscuit sucré en la détaillant.

— Tu es splendide ce matin, même si cela ne me surprend pas le moins du monde. Difficile de dissimuler une telle beauté.

Son sourire incendia ma poitrine, et une légère rougeur qui embrasa son cou réchauffa d'autres parties de mon corps.

— Que fais-tu ici ?

— Je t'ai dit que nous nous verrions demain. Et nous sommes demain.

— Tu as dit que nous nous parlerions.

— Te voir en chair et en os me semblait une meilleure idée.

Douceur. La douceur de son sourire, la douceur avec laquelle elle inclina la tête, la douceur avec laquelle elle se mit à rougir… tout en cette femme évoquait la douceur. Je me mis à saliver en imaginant la douceur de chaque centimètre de sa peau.

Elle secoua la tête en se mordillant la lèvre comme pour réprimer un sourire.

— Je suis ravie de te voir, mais j'ai besoin…

— De cinq minutes. Vas-y, termine ton travail. Je vais t'attendre.

Ce devait être la réponse qu'elle attendait, car au lieu de se remettre à la tâche, Coco se précipita vers moi. J'eus à peine le temps de l'attraper par les hanches que déjà ses lèvres étaient posées sur les miennes, son odeur m'enveloppait, sa saveur était sur ma langue. Je laissai échapper un grognement, incapable de le réprimer, souhaitant passer plus de temps avec ma compagne… et de préférence plus légèrement vêtus.

— Salut, murmura-t-elle lorsqu'elle brisa enfin notre baiser avant de se poser, la main sur mon torse. Je suis tellement heureuse que tu sois passé.

— Moi également. Est-ce trop entreprenant de dire que tu m'as manqué la nuit dernière ? demandai-je en embrassant le bout de son nez tandis qu'elle me répondait en secouant légèrement la tête. C'est bien, car tu m'as vraiment manqué. À présent, retourne finir ton travail, que je puisse t'avoir un peu à moi tout seul.

— D'accord. Ça ne prendra que quelques minutes.

— Toute ma journée est à toi.

Elle s'empourpra d'une délicieuse teinte rose, presque aussi vive que les macarons qu'elle préparait. Son sourire s'agrandit et je sus que j'avais fait ce qu'il fallait. Que j'avais dit les mots justes. Je venais de rendre ma compagne heureuse, ce qui était mon plus grand désir. Le loup en moi se mit pratiquement à danser dans ma tête, la queue en l'air et le dos droit, petit insolent. Pourtant, je ne pouvais le blâmer. Tout ce que nous désirions, c'était rendre notre compagne heureuse. Un point pour le vieil homme et son loup agaçant.

Alors que Coco se replaçait derrière le plateau de cercles roses, la métamorphe renarde de la veille déboucha à toute allure de l'arrière. Elle écarquilla les yeux et ralentit en m'apercevant… comme un prédateur reconnaissant un de ses pairs plus dangereux qu'elle. Quelque chose dans son langage corporel attira mon attention et me fit prendre conscience que cette femme pourrait être plus un obstacle qu'un encouragement au fait que je me mette en couple avec Coco. Il fallait que je la gère. Immédiatement.

— Bonjour, Misty, lança Coco, toujours concentrée sur son travail.

— Bonjour, patronne. Je demanderais bien comme s'est passé ton rencard, mais vu que tu as comme une ombre derrière toi, je devine la réponse.

Je ne pus résister au plaisir de taquiner ma compagne.

— Non, je t'en prie. Demande. Je meurs d'envie d'entendre comment je me suis débrouillé avec mon numéro de charme.

Coco gloussa doucement.

— Tu te débrouilles bien. Il agit, tu te souviens ?

— Tout à fait.

Alors que la renarde me passait devant, en gardant son regard planté dans le mien jusqu'à ce qu'elle ait franchi les portes battantes menant à la partie magasin de la pâtisserie, je finis mon gâteau. Puis je la suivis. L'autre sœur avait disparu à l'arrière de la cuisine et les macarons retenaient toute l'attention de Coco, ce qui signifiait que je pourrais parler seul à seule avec Misty pour comprendre quel était son problème. Hors de question que je laisse passer cette opportunité.

Je me frottai les mains et jetai à la poubelle le papier qui entourait le gâteau.

— Je vais commander une tasse de café. Je reviens tout de suite.

Coco hocha la tête, trop concentrée sur son travail pour lever les yeux. Très bien, cela signifiait que j'avais quelques minutes devant moi, si tant est que ses sœurs n'apparaissent pas. Je me dirigeai vers les portes et dans le magasin, juste à temps pour voir la renarde nouer un tablier autour de sa taille.

— En fait, dois-je faire couler un café ou dois-je faire semblant ? demanda-t-elle sur un ton plus irrité que je ne l'aurais souhaité.

Mais le loup en moi se fichait du ton de sa voix… et je dus réprimer le grognement qu'il émit.

— Allons-y pour un, en fait, répliquai-je en gardant un œil sur elle, pour bien lui faire comprendre qui était le super-prédateur. J'en aurais bien besoin d'un autre ce matin.

— Du mal à dormir en pensant à votre nouvelle compagne ?

Elle n'était pas loin de la vérité.

— C'est possible.

— Pourtant, vous n'étiez pas avec elle, ajouta-t-elle en haussant les épaules.

Elle passa devant moi vers la machine à café sophistiquée qui se trouvait dans le coin.

— Elle n'a pas l'odeur d'une femme qui a été séduite par son compagnon.

— Je ne l'ai pas séduite. Je ne lui en ai pas encore parlé.

Elle me regarda par-dessus son épaule en fronçant les sourcils.

— Que vous étiez âmes sœurs ?

— Exact.

Elle leva les yeux au ciel, ce qui m'irrita.

— Elle vit dans une ville de métamorphes. Elle sait comment *ça* fonctionne.

Je me mis à faire les cent pas. Comment faire autrement ?

— Elle est humaine. Savoir comment se créent les couples chez les métamorphes et se retrouver au cœur de la situation sont deux choses totalement différentes.

— C'est certain, acquiesça la renarde d'une voix traînante et fichtrement sarcastique. J'ai quand même tendance à croire qu'elle en sait beaucoup plus que vous ne le pensez.

— C'est peut-être vrai, mais je ne peux pas risquer de la bouleverser. Je veux lui laisser le temps de me connaître avant qu'elle ne soit tout à fait… mienne, grognai-je.

L'idée même que Coco m'appartienne réveillait les instincts les plus primaires du loup en moi.

Misty inclina la tête, plissant le front en me scrutant.

— Je suis surprise que vous réussissiez à résister à votre envie de finaliser les liens de couple. Peu de mâles y parviennent.

— Ce n'est pas facile.

C'était un euphémisme. Si le loup en moi s'agitait ne serait-ce qu'un tout petit peu plus, j'avais l'impression que même courir jusqu'à l'épuisement dans la forêt ne suffirait pas à l'empêcher de se précipiter dans la petite maison de Coco pour goûter à elle. Ou pour la lécher. Mais nous ne pouvions le faire.

— Elle veut prendre son temps. Et bien que je ne veuille pas perdre la moindre minute, elle vaut bien l'attente.

— Ça, c'est vrai.

Misty me tapota l'épaule et ignora le fait que je tressaille à son contact. Elle n'était pas ma compagne… ça ne m'intéressait pas le moins du monde qu'une autre femme me touche. Pas depuis que j'avais posé les yeux sur Coco. Misty ricana et s'écarta rapidement, probablement consciente de m'avoir poussé à la limite de ma zone de confort. Sale renarde sournoise.

Une renarde inquiète, également.

— Vous comprenez qu'elle est presque comme ma famille, pas vrai ?

Je haussai les épaules.

— Bien sûr. D'accord.

— Et nous, les renards… nous protégeons les nôtres.

Elle avança d'un pas et me regarda droit dans les yeux, sans flancher.

— Notre meute est une des plus importantes du pays. Si vous lui en faites baver, nous serons à vos trousses.

Une renarde avec un mauvais caractère. Comme c'était nouveau.

— Seriez-vous en train de me menacer ?

— Non. C'est une promesse. Faites-la souffrir et vous aurez affaire à nous. Traitez-la bien et tout se passera bien entre nous.

En fait, j'éprouvais du respect pour ce genre d'ultimatum.

— Bien la traiter ne sera pas un problème. Je prévois de la traiter comme une princesse.

— Bien. À présent, emmenez notre jeune femme déjeuner.

Elle leva les yeux au ciel lorsque le loup en moi grogna en entendant le *notre*. Je ne pus m'en empêcher… Coco était à moi, hors de question que je la partage. Jamais.

CHAPITRE QUATRE

COCO

Pour le premier rencard, nous étions sortis dîner, Magnus m'avait raccompagnée à la maison, puis m'avait embrassée sur le perron.

Pour le deuxième, nous avions choisi un brunch informel au resto près de la pâtisserie… celui tenu par la famille de Misty.

Le troisième serait encore un dîner. Trois rencards en moins de vingt-quatre heures… c'était sûrement un record. Au moins, pour moi. Pourtant, ce n'était pas ce qui m'inquiétait. Pas vraiment. Ce soir, c'était le troisième rencard. Rencard numéro trois, cela voulait dire sexe. Ce n'était ni une exigence ni une obligation, cependant c'était plus ou moins convenu. Toute la journée, l'anticipation de la soirée à venir n'avait fait qu'aller crescendo en moi, la sensation que nous allions passer un cap dans notre relation me démangeait. J'avais vraiment hâte, cependant j'hésitais à sauter le pas.

Écartelée, ton nom est Coco.

Si j'avais été Ginger, j'aurais sauté sur Magnus dès le premier soir, devant ma porte d'entrée. Elle avait tendance à plonger la tête la première et à se soucier de toucher le fond ensuite. Si j'avais été Madeleine, Magnus devrait probablement attendre une éternité avant de pouvoir me toucher intimement. J'étais pratiquement certaine que ma jeune sœur avait sa carte d'abstinente, ce qui lui convenait tout à fait. Mais moi ? Je n'étais ni une fille à coucher le premier soir, ni une vierge, d'où cette règle du troisième rencard qui s'était étrangement ancrée dans ma tête au fil des années. Trois rendez-vous me semblaient suffisants pour connaître assez une personne et accepter certains… trucs. Des trucs coquins. Des trucs à poil. Il fallait que je me rase les jambes, ainsi que… d'autres parties de mon corps. Juste au cas où.

Que je sois prête à sauter le pas dans ma relation avec Magnus ou non, le désir de le faire n'en était pas moins là. Dès notre premier rencard, j'avais eu envie de le traîner chez moi et de le désaper, mais l'idée de m'attacher à lui, étant donné mon historique, m'avait freinée. Comment pourrais-je accepter de tomber amoureuse de lui – et je pourrais tomber totalement amoureuse de lui – sachant qu'il rencontrerait probablement son âme sœur dès qu'il sortirait avec moi ? J'avais l'impression d'être un porte-bonheur vivant pour métamorphes en quête de leur âme sœur. Trois fois – *trois* – l'homme avec qui je sortais avait été touché par le destin. *Ça*, c'était sûrement un record. Ou bien une blague. Trois coups, c'était bon pour moi… du moins le pensais-je.

La crainte que Magnus me quitte pour son âme sœur me hantait toujours, pourtant le désir d'être totalement avec lui grandissait en moi. Peut-être n'était-ce que du déni, mais je me sentais véritablement dans un état d'esprit « profite aujourd'hui de ce que tu devras payer demain ». Alors j'allais apprécier le moindre *centimètre* de Magnus aussi longtemps que le destin me le permettrait.

— *La pièce montée est prête pour le dîner de répétition de demain soir. Comment t'en sors-tu avec les cinq cents macarons ?* demanda Ginger, d'une voix légèrement métallique car elle sortait du téléphone.

Un pied en appui sur la cuvette fermée, la jambe couverte de mousse, j'avais un rasoir à la main… pas exactement la position idéale pour revoir l'agenda, mais nous y parvînmes.

— *J'aurai fini demain matin. La plupart des macarons sont terminés et au frais, donc le dîner de répétition est pratiquement bouclé. Qu'en est-il des enterrements de vie de garçon et de jeune fille ? La dernière fois que j'ai vérifié, nous devions encore en préparer trois douzaines pour finaliser la commande.*

— *Je suis dessus,* répondit Ginger. *Les sucrés et les salés sont déjà prêts... je n'ai plus qu'à les saupoudrer de miettes de bretzel et nous pourrons dire que c'est fait. Pour les desserts alcoolisés, le gâteau marine déjà dans la liqueur. Je n'aurai plus qu'à préparer le glaçage à la crème au beurre, les napper, et ils seront prêts, ces galopins.*

Bien. L'agenda des festivités du mariage était très serré... nous devions prendre de l'avance.

— *Quant à ces deux fêtes, elles auront lieu après-demain, donc nous avons le temps. Comment avance la pièce montée ?*

Madeleine grogna.

— *Tout ce glaçage imitation dentelle me prend un temps fou, et les petites roses minutieuses que désire la mariée vont être perdues dans l'immensité de ce truc.*

— *Mais tu auras fini à temps ?*

— *N'est-ce pas toujours le cas ?*

Oui, c'était vrai. Mais cela n'excluait pas une confirmation. Nous avions chacune nos spécialités...

Madeleine décorait ce que Ginger et moi préparions. Elle avait un don artistique avec la pâte à sucre et la crème au beurre, elle réussissait à créer des gâteaux qui semblaient tissés comme une toile d'araignée, elle savait sculpter des visages ou des animaux à partir de farine et d'œufs et en faisait des chefs-d'œuvre comestibles.

Ginger, quant à elle, s'occupait principalement des cookies et des cupcakes. Elle était aussi créative que Madeleine, mais son talent se révélait plus dans le mélange des saveurs et dans un don pour cerner nos consommateurs, auquel ils ne pouvaient résister. Cette jeune femme avait inventé un cupcake au bacon et sirop d'érable pour lequel les clients faisaient encore la queue devant notre magasin.

Et moi ? J'étais une chef pâtissière classique de formation, alors j'avais tendance à coller aux recettes de pâtisseries françaises et aux tartes qui restaient indémodables. Ces choses qui nécessitaient une connaissance technique en pâtisserie. Quelle était ma spécialité ? Le dessert qui nous avait fait connaître comme *la* pâtisserie où aller ?

Les macarons. Ils faisaient notre réputation, surtout lorsque nous nous mettions toutes les trois pour les préparer. Entre les mélanges de saveurs de Ginger, les décorations de Madeleine et ma technique impeccable pour leur donner la texture parfaite, nous créions une douceur dont les gens raffolaient. Et les personnes qui se trouveraient au dîner de répétition n'y échapperaient pas.

— *D'accord*, dis-je en faisant glisser le rasoir le long de mon mollet une dernière fois. *Donc demain nous nous concentrons sur les macarons. Nous pourrons terminer les cupcakes dès qu'ils seront prêts à être livrés.*

— *Ça marche*, répondit Ginger. *Bon, pouvons-nous nous focaliser sur l'événement le plus important ?*

J'eus comme un blanc. Le mariage de Nico était l'événement le plus important de l'année, et nous avions été engagées pour fournir les desserts pour le dîner de répétition du lendemain, pour les enterrements de vie de jeune fille et de vie de garçon, ainsi que la pièce montée du samedi. Il n'y avait rien de plus important.

Je n'avais pas la moindre idée de quoi elle voulait parler.

— *De quoi parles-tu ?*

— *De ton rencard avec Magnum.*

— *Il s'appelle Magnus.*

Ginger gloussa.

— *Je trouve que Magnum lui va mieux. N'est-ce pas ? Allez, raconte !*

Comme si j'allais parler de sa… Oh putain, bien sûr que je le pourrais, et mes sœurs le savaient très bien.

— Je n'en sais rien.

— Attends... quoi ? s'écria Ginger, horrifiée. *Tu n'as pas encore chevauché cet étalon ?*

— Peut-être attend-elle le bon moment, intervint Madeleine, bien entendu.

— Je te remercie, Mad. J'attends, si on veut.

— Tu attends quoi ? Noël ?

Ginger semblait offusquée par cette idée.

— Il a beau avoir un peu de gris dans sa barbe, il n'a rien du père Noël, Coco !

Une petite blague Oh Oh Oh probablement, mais je ne pris pas le temps d'y réfléchir.

— Je n'attends rien en particulier. C'est seulement...

Je ne voulais pas que le destin me donne une gifle, encore une fois.

— Que tu veux apprendre à le connaître, proposa Madeleine.

— Peut-être.

Ce n'était pas vraiment ça, mais ça sonnait bien.

— Eh bien, tu le connais maintenant ?

Comment expliquer à Madeleine – probablement vierge – que ce n'était pas le cas, mais que j'étais tout de même prête.

— *En quelque sorte.*

— *J'appelle ça des conneries. Que fait-il dans la vie ?* demanda Ginger sur un ton qui, tout à coup, ressemblait plus à celui d'un avocat qu'à celui d'une pâtissière. *Pourquoi est-il en ville ? Où habite-t-il ?*

— *Je...*

Oh mon Dieu, elles ne me laisseraient jamais en paix.

— *Je ne suis pas certaine.*

— *Donc tu as appris à le connaître suffisamment pour coucher avec lui, mais en fait tu ne sais rien de lui.*

Le sarcasme de Madeleine claqua dans l'air comme un fouet.

— *Je n'ai jamais prétendu que ça avait du sens.*

— *Tu es tellement facile à percer,* dit Ginger en éclatant de rire. *Tu as peur de t'attacher en sachant qu'il pourrait rencontrer son âme sœur à tout instant.*

Ouaip. Comme un livre ouvert.

— *Tu ne peux pas nier que ça reste une possibilité.*

— *C'est une excuse. Tu veux son sexe, prends son sexe. Le désir a du sens. Le sexe a du sens. Tous ces trucs à propos d'amour et d'âmes sœurs et d'éternité... ce sont toutes ces conneries qui n'ont aucun sens. Le sexe, c'est simple.*

— *Selon qui ?* demanda Madeleine.

— *Selon moi. Et je parie que Coco est d'accord, pas vrai, frangine ?*

Je détestais quand je me retrouvais entre elles deux. Je détestais encore plus quand Ginger semblait avoir raison... Le désir et le sexe étaient simples. La partie compliquée, c'était quand le cœur s'en mêlait. Ce qui signifiait que je pouvais coucher avec Magnus, mais je ne devais pas tomber amoureuse.

J'avais l'impression que c'était plus facile à dire qu'à faire.

— *Écoutez, les filles. Je sais que vous essayez de m'aider...*

Heureusement, je fus sauvée par le gong. Ou plus précisément par la sonnette de la porte.

— *Oups, c'est probablement Magnus à la porte. Je dois y aller.*

Je raccrochai et essuyai le reste de mousse sur ma jambe en espérant en dépit de tout que j'avais fait disparaître le moindre poil. Sinon, eh bien... je ne pouvais plus rien y faire. Je saisis mon téléphone et mon sac à main puis me dirigeai vers l'escalier, impatiente de partager à nouveau une soirée à parler autour d'une table, à la lueur des bougies. À plaisanter, à discuter et à écouter Magnus parler pendant des heures avec esprit. Cependant, lorsque j'ouvris la porte…

Une femme à terre !

— Tu es éblouissante.

Magnus me lança un sourire de jeune premier dans son costume bleu nuit et sa chemise blanche parfaitement repassée. Pas de cravate, les deux boutons du haut ouverts… assez décontracté pour Kinship Cove, tout en restant très classe. Et tellement sexy !

— Tu n'es pas mal non plus, répondis-je en me hissant pour l'embrasser, frissonnant lorsque sa main descendit autour de ma taille pour me coller à lui.

Son grognement vibra sur ma peau. Je ne pus résister… Je posai mes mains sur son torse et le touchai… simplement. Je sentis. Je fermai les yeux et absorbai la chaleur qui émanait de lui. C'était dingue comme il m'avait manqué cet après-midi, et ces retrouvailles étaient agréables. Tellement agréables.

J'en voulais plus.

Magnus aussi, apparemment. Il me serra fermement, un léger ronronnement faisait vibrer son torse contre moi, puis il me tapota la hanche et s'écarta. Incroyable, cet homme n'avait qu'à prendre une profonde inspiration.

— Prête à partir ?

Non.

— Oui.

Je verrouillai la porte derrière moi, regrettant de ne pas avoir les tripes de le tirer à l'intérieur et de l'entraîner dans mon lit. Regrettant de ne pouvoir sentir ses mains brusques sur ma peau, son poids sur moi et ce délicieux picotement lorsqu'il se glisserait...

— Tu vas bien, ma belle ? demanda Magnus d'un air inquiet en se laissant tomber sur le siège passager de sa voiture.

Apparemment, il m'avait déjà installée dans mon siège... cependant mes pensées avaient filé trop vite pour que je le remarque. Je pris une profonde inspiration, mais le regrettai immédiatement car il sentait si bon, et il était si près et...

— Coco ?

Oh, oui.

— Oui. Je vais bien.

— Tu es sûre ? Nous pouvons annuler...

Je faillis sortir de mon corps rien qu'en pensant ne pas aller au bout de notre troisième rencard.

— Je vais bien. Je te le jure. Seulement… j'ai été un peu distraite… par toi.

Son sourire s'agrandit progressivement, et ses yeux brillèrent.

— C'est toi qui me distrais. Tu es trop belle pour que je puisse résister.

Il démarra la voiture, posant nonchalamment sa main sur ma cuisse, et s'écarta du trottoir. Il me fit frissonner lorsque son pouce glissa sous l'ourlet de ma jupe. Cet homme allait me tuer, et nous n'étions pas encore sortis de mon quartier.

Je m'humectai les lèvres, essayant désespérément de parler malgré la sécheresse qui avait envahi ma bouche.

— Tu fais quoi comme métier ? lui demandai-je.

Il sembla surpris par la question.

— Je suis consultant en gestion de projets. Pourquoi ?

Parce que mes sœurs m'ont pris la tête.

— Simple curiosité, c'est tout. Où allons-nous ?

Il serra légèrement ma cuisse, ce qui provoqua une décharge électrique dans mon dos. Je dus réprimer un gémissement tandis qu'il m'expliquait :

— J'ai réservé dans un grill sur l'autoroute. Ils ont une superbe carte des vins.

Ses doigts trouvèrent leur chemin entre mes cuisses, sa main me serrant fort pour que je ne bouge pas, pour me mettre en appétit. J'en avais marre qu'il m'allume.

— Magnus ?

Il plongea son regard dans le mien avant de se tourner de nouveau vers la route.

— Oui ?

— C'est notre troisième rendez-vous.

— Exact.

— En ce qui concerne les hommes, j'ai une règle pour le troisième rendez-vous.

Il resta silencieux, immobile, presque tendu.

— Quel genre de règle ?

L'heure était venue d'agir en adulte et de lui dire ce que je souhaitais.

— Une règle à propos du sexe.

Était-ce une légère crispation de sa mâchoire que je venais d'entrevoir ?

— Vraiment ?

— Oui. Et même si je suis persuadée que tu as fait une réservation dans un charmant restaurant…

Je saisis sa main et la poussai le long de ma cuisse, la faisant glisser bien en dessous de ma jupe à volants jusqu'à la dentelle de ma petite culotte.

— … je suis aussi certaine que ton hôtel dispose d'un service d'étage excellent.

Les pneus crissèrent lorsqu'il fit demi-tour.

— Va pour l'hôtel !

CHAPITRE CINQ

COCO

Magnus garda toute sa maîtrise en conduisant vers l'hôtel. Il continua à discuter légèrement, laissa sa main sur ma cuisse, et m'ouvrit même la porte pour que je descende de voiture. Il se comporta en parfait gentleman pendant que nous traversions le parking pour rejoindre la réception… Puis nous arrivâmes dans l'ascenseur. Dès que les portes se refermèrent, le loup en lui se révéla.

Il me poussa contre le mur en grognant, me bloquant de son corps massif.

— Tu en es bien sûre, Coco ?

L'étais-je ? Mon corps, oui, certainement. Mon cœur s'était déjà sanglé, prêt à faire le grand saut. Le seul électron libre, c'était mon esprit… Serais-je capable de me préserver ? D'éviter de glisser sur la pente dangereuse menant au mot en A... ? Étais-je capable de contrôler mes émotions afin que mon cœur ne finisse pas en miettes sur le sol ? J'en doutais... j'en doutais fortement... mais ça n'avait plus d'importance.

— Oui, je suis sûre.

Son grognement se transforma en un ronflement rauque, presque un ronronnement, et ses mains se firent plus entreprenantes à mesure que les étages défilaient. Remontant le long de ma cuisse, sous ma jupe, relevant le tissu haut, plus haut, encore plus haut. Glissant sous la dentelle rouge dissimulée à ses yeux et là pour l'aguicher alors que j'étais déjà chaude et humide. Alors que je le désirais si fort.

— Magnus, haletai-je, me cambrant à son contact.

En attente de tellement plus. Tellement.

— Une fois que je t'aurai eue, je ne te laisserai plus jamais partir.

Si seulement c'était vrai. L'ascenseur s'arrêta et je saisis ses bras pour me dégager de sa poigne.

— Il faudra que tu m'attrapes d'abord.

Il recula, l'air choqué. Les portes s'ouvrirent. J'éclatai de rire et les franchis en courant, sans savoir dans quelle direction aller, mais courant juste pour m'amuser. Je voulais qu'il me chasse un peu. J'avais besoin d'atténuer la tension avec quelque chose de léger. Mais j'aurais dû me souvenir du vieil adage qui disait de ne jamais s'enfuir devant un chien. Magnus se lança à ma poursuite comme s'il était possédé, il me rattrapa rapidement, me saisit le bras et me plaqua contre son torse avant de me soulever du sol.

— Ma femme est très vilaine. Tu imaginais que je ne t'aurais pas rattrapée, ma beauté ?

J'enroulai mes bras autour de son cou en riant.

— Je voulais que tu le fasses.

— Bien, car la seule idée de te laisser t'échapper nous est odieuse, à mon loup et à moi.

Magnus me porta jusqu'à sa chambre, ralentissant à peine la cadence pour déverrouiller la porte. Je le comprenais. Le ronflement incessant contre ma peau me poursuivait et m'embrasait, me focalisant sur l'idée de nous dévêtir. De le dévêtir. Qu'il entre moi. C'est ce que je désirais plus que tout, plus que je n'avais jamais désiré aucun autre homme. Et je n'avais aucune envie d'attendre.

Je me dégageai de ses bras. Pieds au sol, je me tournai pour lui faire face. Je fixai le loup à la porte, tout en reculant et en l'invitant.

— Je te veux.

Il fit craquer son cou, comme un homme au bord de l'explosion.

— Coco, tu ferais mieux d'arrêter. Mon loup…

— Je veux ton loup également.

Son grognement s'amplifia, ses yeux étincelaient et me regardaient… fixement.

— Ne souhaite pas ce que tu ne pourrais supporter.

Si seulement il savait. Je fis passer ma robe par-dessus ma tête, la laissai tomber au sol tout en continuant de plonger dans son regard animal, haussant les sourcils de la manière la plus suggestive possible.

— Je suis tout à fait certaine de pouvoir très bien supporter, Magnus.

Il se rapprocha, ses lèvres se redressant en un sourire mauvais qui mouilla ma petite culotte en un instant.

— Moi aussi, j'en suis persuadé. Après tout, tu es ma…

Je ne le laissai pas finir sa phrase. Au lieu de cela, je lui sautai dessus. Il me rattrapa en l'air et me plaqua contre son torse, tout en noyant ma bouche d'un baiser sauvage qui me fit me frotter contre lui. Qui me fit gémir tandis qu'il me tenait fermement.

— Au nom du destin…, haleta-t-il après avoir brisé son baiser pour me déposer sur son lit. Je ne sais pas ce que j'ai fait pour mériter une femme telle que toi, mais je vais continuer de le faire. Tous les jours, je m'efforcerai d'être digne de toi, Coco. Tu es tout pour moi.

Non, pas tout... pas son âme sœur.

Je repoussai cette idée et m'étirai, appréciant la façon dont ses yeux s'illuminaient en découvrant la lingerie que je dissimulais sous ma robe, ces secrets que je cachais sous cette petite robe d'été. Le troisième rencard signifiait sexe, et ça voulait dire jouer le jeu avec juste ce qu'il fallait de dentelle rouge et de rubans pour qu'avec un peu de chance il en redemande. Tout le temps que je pourrais le garder.

— Montre-moi à quel point tu as envie de moi, murmurai-je en le tirant plus près.

J'avais envie de sentir son poids m'écraser. Sa présence.

Magnus rampa sur moi, toujours habillé, se glissant entre mes cuisses ouvertes comme si c'était chez lui. Comme s'il était censé être là.

— Sois assurée, ma beauté, que je ne pourrai plus te laisser partir une fois que je t'aurai eue.

— Je veux que tu ne me laisses jamais partir.

Parce que ce serait trop douloureux si ça se produisait. Quand et non pas si. Quand.

Ce n'était *vraiment* pas ce à quoi je voulais penser.

Magnus m'embrassa avec fougue, me coupant le souffle avec ses lèvres, m'enlevant toute maîtrise de moi avec sa langue. Je l'aidai à se déshabiller, nous riions tous les deux en gigotant jusqu'à ce qu'il n'y ait plus rien d'amusant. Jusqu'à ce qu'il s'allonge nu, sur moi, ses hanches écartant mes cuisses, son sexe dur et lourd contre moi. Prêt. Tellement prêt.

— Tu m'appartiens, Coco, dit Magnus en poussant en moi.

Aucune lenteur, aucune délicatesse… de manière brute. Une poussée, et entièrement. J'adorais ça. J'adorais comment il m'étirait, comment il me remplissait si totalement. Comment il me revendiquait de ses coups de rein.

Si seulement…

Magnus se retira complètement, puis disparut en glissant plus bas sur moi.

— Qu'est-ce que… Oh mon Dieu !

Sa langue. Par tous les saints, la langue de cet homme aurait tout aussi bien pu être une arme, vu comment il l'utilisait contre mon bouton d'amour. Par petits coups, en le léchant, avec des mouvements rapides… m'excitant plus. Toujours plus. Se nourrissant de moi tout en relevant et écartant mes jambes pour m'ouvrir à lui. Épinglée comme un papillon. Ses doigts se mirent de la partie, et son grognement vibrait dans tout mon corps à mesure qu'il appuyait en moi. Il courba ses doigts et toucha une zone sensible qui me coupa le souffle.

Il me fit jouir simplement avec sa bouche et ses doigts.

— C'est bien, dit-il en se redressant sur moi.

Il tendit la main pour saisir un préservatif dans son portefeuille.

— Putain, j'ai tellement envie de jouir en toi, mais je sais où cela va nous mener.

À un engagement qu'il ne pouvait prendre avec moi.

— Je prends la pilule.

Il poussa un long grognement rauque tout en faisant glisser sa main de haut en bas sur toute sa longueur, puis il s'agenouilla.

— Ne me tente pas, ma belle. Je pourrais me dire et puis merde, et te faire l'amour sans capote, mais je ne peux pas faire ça. Pas encore.

Je ne voyais pas pourquoi, mais cela n'avait pas d'importance. Tout ce qui importait, la seule chose qui importait pour moi, c'était comment sa main dansait le long de son membre. C'était comment je l'avais enserré entre mes jambes. Il poussa un grognement rauque et fut de retour au-dessus de moi en m'embrassant fébrilement. Il poussait en moi en grondant, en grognant si fort que j'aurais voulu mourir. Et ces sons qui résonnaient entre nous… Mon Dieu, avais-je jamais été aussi humide ? Avais-je jamais été si excitée et offerte ? Si désireuse d'en avoir plus ?

Je ne pense pas.

Magnus grogna et se mit à bouger plus vite. Claquant son bassin entre mes hanches comme s'il avait perdu tout contrôle.

— Putain de chaleur. Par le destin, ma beauté, tu vas me consumer.

Pourtant, j'avais l'impression que c'était moi qui brûlais… de l'intérieur et à l'extérieur. Tout en cet homme embrasait mon âme, incendiait mon cœur tandis qu'il se rapprochait de moi. Nous jouîmes ensemble. Et son corps… Dieu du ciel, cet homme était tout en muscles, souple et fin, avec une petite touffe de poils gris sur le torse et sur ses bras qui descendaient jusqu'à la base de son sexe qui disparaissait en moi. Je ne pouvais m'empêcher de le toucher, de le sentir, de le regarder et de le goûter. Le moindre centimètre. Le moindre creux, la moindre courbe. Je voulais tout apprendre de son corps. Le mémoriser. Ne jamais le laisser s'en aller.

— À moi, à moi, à moi, fredonna-t-il.

Puis je perdis tout contact avec la réalité. Sous l'effet de la chaleur, de l'effort, de la sensation de son corps contre le mien. Les mots que j'avais rêvé d'entendre en vrai. Je perdis les pédales tandis que mon corps convulsait sous le sien, le plaisir me déchirant comme jamais auparavant.

— À toi, Magnus. Tout à toi.

C'était vrai. Les remparts que je m'étais convaincue d'ériger s'étaient écroulés à un moment, et je n'étais plus qu'un tas de sentiments et de désirs émotionnels. J'étais totalement et complètement à lui. Même si je savais qu'il me briserait bientôt le cœur. Je lui appartenais comme je n'avais jamais appartenu à personne. D'une façon qui resterait en moi bien après son départ. J'étais à lui. Point final.

Et j'étais maudite.

CHAPITRE SIX

MAGNUS

Coco avait un cul fait pour être touché, caressé, fessé, mordu et sur lequel se frotter. Je m'y étais adonné pendant toute la nuit dernière. Je me réveillai en érection et j'en voulais plus, alors je la pris dans mes bras et appuyai mon sexe douloureux contre ce derrière fabuleux. Je me frottais contre cette douceur pour tenter de soulager mon désir tandis qu'elle se réveillait lentement. J'avais envie de me rouler sur elle, de m'insérer profondément en elle pour me couvrir de son odeur et l'enduire de la mienne avant que nous ne commencions notre journée, mais ma compagne était humaine. Il fallait que je la ménage. Je devais être doux et gentil parfois. Car je lui avais fait l'amour avec frénésie la nuit dernière. Elle avait besoin de récupérer.

Sa main atterrit sur ma hanche, m'attirant plus près tout en ondulant du bassin contre moi.

— J'ai une meilleure idée où mettre ça.

D'accord, donc… elle n'avait pas besoin de récupérer en fait.

Avant que je ne puisse lui répondre, Coco roula sur elle-même et me poussa en arrière. J'atterris étendu sur le dos à fixer le plafond… jusqu'à ce qu'elle s'installe sur mes hanches. Alors mes yeux se bloquèrent sur son corps nu au-dessus de moi, admirant comment ses cheveux tombaient sur ses épaules, couvrant à moitié ses seins aux pointes comme des fraises. Comment elle me chevauchait, les cuisses écartées sur mon bassin. Comment son corps bougeait alors qu'elle frottait la délicieuse chaleur de son sexe sur le mien.

Elle était *mienne*. Mais je ne pouvais le dire. Pas encore. Plusieurs fois la nuit dernière, ça m'avait presque échappé. J'avais presque laissé rentrer le loup dans la bergerie… ou plutôt sortir. Je devais me réfréner. L'idée de la perdre, de lui faire peur au point qu'elle s'en aille, me rongeait. Je pouvais patienter encore un peu, pour que nous nous mettions en couple. Même si cela me coûtait beaucoup.

Je saisis ses seins et la soulevai légèrement, traînant son sexe merveilleux sur toute la longueur de mon membre.

— Eh bien, bonjour, ma beauté.

Son sourire m'éblouit et me fit perdre tout repère de temps ou d'espace. Où me trouvais-je ? Qu'étais-je censé faire sinon tout mettre en œuvre pour qu'elle me regarde ainsi à chaque seconde de chaque journée ? Pourquoi n'étais-je pas encore en elle ?

— Il faut que je prenne une douche avant d'aller à la pâtisserie.

Elle tendit le bras et saisit un bout de tissu blanc qui traînait sur le matelas, puis l'enfila. Ma chemise. Cette femme portait mes vêtements et était complètement recouverte de mon odeur. Le loup était heureux. Aussi heureux qu'on puisse l'être, allongé sur le dos avec quelqu'un le chevauchant. Apparemment, des problèmes de mâle alpha. Toujours était-il que je laisserais Coco me faire tout ce qu'elle voulait si elle pouvait toujours avoir l'air si heureuse.

Je saisis ses cuisses, incapable de réprimer un grognement.

— Je pense que nous devrions la prendre ensemble. Pour économiser l'eau.

Elle se mordit la lèvre et se pencha en avant, les bras sur mes épaules, tout en remuant ses terribles hanches contre les miennes. En se déplaçant juste ce qu'il fallait pour que mon sexe se décale vers le bas et glisse contre l'ouverture de son paradis. Pour que l'extrémité de mon sexe pénètre sa délicieuse chaleur. Je n'arrivai pas à résister à mon envie de pousser en elle. Juste une légère pression, car elle jouait un petit jeu dont je voulais voir la fin. Pourtant, je voulais également m'insérer en elle. Je voulais tout d'elle.

— Magnus, haleta-t-elle comme si elle ne s'attendait pas à ce que je profite de sa position.

Elle allait apprendre que je n'étais pas respectable. La plupart du temps, je prenais ce que je voulais, et à ce moment précis, je désirais que son corps s'unisse au mien. Aussi la taquinai-je par de petites poussées, de légers mouvements du bassin. Suffisamment pour détendre son ouverture à l'aide de mon gland, mais pas assez pour me positionner.

Coco avait d'autres plans. Alors que je me balançai vers l'avant, elle poussa en arrière pour me prendre intégralement d'un seul mouvement. Je faillis jouir sur l'instant et émettre un grognement qui aurait résonné dans toute la ville tandis que je mordis sauvagement sa chair pour solidifier nos liens. Ma compagne me désirait suffisamment pour prendre le contrôle, voulait que mon sexe la satisfasse et n'avait pas peur de se servir. Je la satisferais – plusieurs fois si elle me laissait faire – dès que je me remettrais du choc de sa chaleur qui m'enveloppait et du doux effet ventouse de son sexe quand elle faisait bouger son corps d'avant en arrière sur le mien.

Putain, c'était parfait.

— Sers-toi de moi, ma beauté. Je veux te contempler quand tu te fais grimper aux rideaux.

Je glissai une main entre nous pour tracer des cercles sur son bouton d'amour... un geste qui la rendait totalement folle, comme je l'avais découvert la nuit dernière. Une fois que je la fis gémir, geindre et onduler, et s'empaler sur ma main et mon sexe, je ne pus que la contempler, assis et captivé par les expressions du visage de ma compagne. J'avais envie de les savourer toutes, d'enregistrer le moindre de ses mouvements et de ses tressaillements qui la menait plus près de son plaisir. Du point de rupture. Je voulais comprendre les signes et les indices qui me permettraient de la rassasier et de la contenter dans mon lit. Dans notre lit.

Lorsqu'elle jouit, lorsqu'elle retint sa respiration et ferma les yeux alors que son corps vibrait sur moi, je l'accompagnai, incapable de me retenir. Je la remplis en grognant et en agrippant fermement ses hanches. Souhaitant la remplir de plus que ma semence. Je montrai les dents, et le loup en moi se mit à hurler son désir d'une dernière morsure pour sceller notre union. La morsure ultime qui nous unirait pour l'éternité. Le lien indéfectible entre nos âmes.

Pourtant, je ne pouvais pas m'occuper de cela pour le moment. Je ne lui avais pas encore annoncé qu'elle était ma compagne. J'en avais besoin, j'en avais envie, surtout en ce moment… alors qu'elle gisait sur moi comme une poupée de chiffon, chaude et rassasiée, mon sexe toujours en elle. Oui, je voulais tout lui raconter, cependant au fil des années j'avais vu comment les métamorphes se comportaient avec leurs compagnes humaines. L'humain le plus nerveux fuyait devant le métamorphe, sans que ce dernier soit en mesure de l'attraper, parfois. Je ne voulais pas courir après Coco. En fait, si. L'imaginer en train de courir joyeusement, nue dans la forêt, et moi à ses trousses, m'excitait de plein de façons différentes. Pourtant, ça n'arriverait pas tout de suite. Elle paniquerait, s'éloignerait, et mon loup et moi serions dévastés. Je passerais alors tout mon temps à essayer de la reconquérir, mais il y aurait toujours un risque qu'elle parte pour de bon. Qu'elle ne ressente pas la même attirance que j'éprouvais pour elle, et que je la perde.

Hors de question que cela arrive.

— Il faut que je prenne une douche, mais je n'arrive plus à marcher, dit Coco, ses cheveux chatouillant mon torse.

Ça me rappela que je l'avais eue… même si ce n'était qu'aujourd'hui, je l'avais eue. Il fallait juste que je trouve comment la garder.

— Allons, mon cœur. Je vais t'aider à te relever pour que tu puisses te préparer.

Même si je n'étais pas ravi à l'idée qu'elle allait enlever toute mon odeur de sa peau. Il faudrait juste que je m'assure de l'en couvrir à nouveau avant qu'elle ne parte. Quelle corvée.

Une douche, une rapide fellation qui fit presque sortir le loup de mon corps, puis une baise fugitive contre le mur en carrelage, et nous étions fin prêts pour commencer notre journée. Enfin, pratiquement prêts.

— Pourquoi fais-tu cela ?

Coco me tapota la hanche et tenta de s'éloigner de moi. Nous nous trouvions devant l'ascenseur dans le couloir, déjà sortis de la bulle de bonheur que nous nous étions créée dans ma chambre. Je souhaitais la traîner à nouveau dans le couloir, mais il fallait qu'elle travaille. Pourtant, je ne la laissai pas quitter mes bras. Je comptais vraiment faire savoir à tous les hommes de la ville qu'elle m'appartenait, en commençant avec tous les métamorphes. Ce qui voulait dire m'assurer qu'elle ait mon odeur sur elle.

— Je ne veux pas cesser de te toucher, dis-je en la serrant contre mon torse et en me frottant contre elle pendant qu'elle riait.

Je ne pouvais m'en empêcher... Elle était tellement délicieuse et parfaite, et *mienne*. Je ferais tout pour qu'elle demeure ainsi.

Coco se tourna dans mes bras et me regarda avec un sourire radieux. Heureuse. Ma compagne était heureuse.

— Serais-tu en train de m'imprégner de ton odeur ?

Je me raidis, incapable de lui répondre. Elle était humaine... que pouvait-elle savoir à propos des odeurs ?

— C'est exact. Est-ce un problème ?

Elle secoua la tête avant de se hisser sur la pointe des pieds pour poser délicatement ses lèvres sur les miennes.

— Je trouve cela adorable que tu veuilles que les autres hommes gardent leurs distances.

Adorable. Ce n'était pas ce que je cherchais, mais ça le ferait.

— Tu es à moi, Coco. Je ne partage pas.

Son sourire se figea légèrement, mais j'étais déjà en mouvement, appuyant mes lèvres sur les siennes et glissant ma langue pour m'emparer de sa bouche, perdant déjà le peu de contrôle que j'avais dès que j'étais près d'elle. Je la plaquai contre le mur en lui agrippant la cuisse, mon sexe coincé entre nous tandis que je l'embrassai comme si j'étais affamé. Peut-être l'étais-je. Peut-être devais-je lui dire combien j'avais faim d'elle.

Finis les putains de peut-être.

— Coco, dis-je en interrompant notre baiser pour appuyer mon front contre le sien. Il faut que tu saches…

— Papa ?

Mon fils, le pire timing du monde.

— Bonjour, Nico.

Je me détachai de Coco pour me tourner vers l'homme que je commençais à connaître et la femme qu'il allait épouser.

— Bonjour, Fiona. Prêts pour le dîner de répétition ce soir ?

Mais Nico ne me regardait pas. Son regard était fixé sur Coco, et son expression de surprise me glaça le sang.

— Nico…

— Attends… Coco, tu sors avec mon père ?

Le loup en moi réagit au ton de sa voix, à la manière dont il s'adressait à notre compagne, et comment elle tremblait tout contre moi. Mon grognement gronda dans le couloir, mais Nico m'ignora. De l'indifférence que seul un métamorphe loup élevé uniquement dans le monde humain pouvait avoir.

— Elle sort avec mon père, dit-il à Fiona en secouant la tête. Enfin, mince… Tu parles d'un deuxième choix.

Impossible de me contenir. Je saisis Nico par le col et avançai pour le coller contre le mur. Mon grognement se transforma en un feulement et je montrai les dents. Fils ou pas, il n'avait aucun droit de faire honte à ma femme. Hors de question.

— Tu es en train de parler de ma compagne, fiston. Si j'étais toi, je choisirais bien les mots que j'emploie.

Une porte s'ouvrit dans le couloir, et lorsque je levai les yeux, j'eus tout juste le temps de voir Coco disparaître dans la cage d'escalier. En courant. Comme je craignais qu'elle le fasse à un moment ou un autre. Merde.

— Magnus, repose-le, s'il te plaît, dit Fiona sur un ton las et ennuyé.

Elle avait grandi entourée de métamorphes… elle savait qu'il valait mieux ne pas faire de commentaire sur leurs compagnes. Elle ne méritait pas non plus d'être confrontée aux anciennes conquêtes de mon fils.

— Tu ne mérites pas la compagne que le destin t'a accordée, et je doute que tu en sois un jour à la hauteur, lançai-je en grognant. Et plus que tout, tu ne mérites pas mon attention.

Je le reposai au sol, et il se mit à bégayer et à tousser.

— Putain, Papa. Je ne voulais pas être désagréable.

Fiona leva les yeux au ciel, mais j'aurais tout aussi bien pu le faire.

— Tu dis toujours ça quand tu te comportes comme un crétin. Tu dois des excuses à Coco et à ton père, dit-elle en m'adressant un petit sourire. Félicitations pour avoir trouvé ta compagne. Elle a l'air très gentille.

Je grognai, les yeux toujours fixés sur mon fils. Cet homme que je ne connaissais pas encore très bien. Cet homme dont j'avais appris par hasard le lien qui nous unissait. Cet homme avec qui je commençais à construire une relation.

Cet homme qui connaissait probablement mieux que moi ma propre compagne.

— Raconte-moi tout à propos de ta relation avec Coco. Immédiatement.

CHAPITRE SEPT

COCO

Son père. Magnus était le père de Nico. Je n'arrivais pas à appréhender cette nouvelle. Ou je ne le voulais pas... C'était extrêmement gênant d'avoir été surprise dans le couloir après avoir couché avec Magnus, par son fils avec qui j'avais également couché. Deux générations... liées à moi par le sexe.

J'avais envie de vomir.

Je n'étais pas allée au travail. Au lieu de cela, j'avais envoyé un message à Ginger pour la prévenir que je ne viendrais pas. Pas tout de suite. Quand le magasin serait fermé. Je finirais ces satanés macarons pour ce soir dans ma propre cuisine s'il le fallait : il était hors de question que j'affronte la ville ou l'éventualité de croiser Magnus ou Nico. Je ne pouvais m'y résoudre.

Et Magnus… J'avais vraiment éprouvé quelque chose pour lui, de profond dans mon âme. Notre relation n'avait pas été que sexuelle, mais cela n'avait plus d'importance, désormais. J'avais couché avec son *fils*. Il ne m'adresserait plus jamais la parole. Et même s'il le faisait, je ne pourrais plus être avec lui. Pas après ce qu'il s'était passé. Je ne pouvais m'interposer entre les deux hommes. Je ne pouvais avoir Magnus car j'avais eu Nico.

Le destin était cruel, très cruel.

— Tu as intérêt à être habillée, brailla Ginger en arrivant en trombe dans ma chambre, son beau visage froissé. Qu'y a-t-il ? Que se passe-t-il ? Pourquoi te caches-tu ? Qu'est-ce que cet homme a fait ?

Madeleine se faufila derrière elle, beaucoup plus calme que notre sœur délurée. Elle avait l'air plus inquiète qu'en colère.

— Que s'est-il passé, Coco ?

Je saisis un oreiller et le plaquai contre mon visage, incapable de les regarder en face.

— C'est le père de Nico.

Ginger m'arracha l'oreiller des mains et grimpa sur le matelas pour se placer au-dessus de moi.

— Répète ça sans ce truc devant ton visage.

Je déglutis et fermai les yeux un instant.

— Magnus est le père de Nico.

Silence. Aucune des deux femmes ne prononça la moindre parole pendant dix bonnes minutes et elles restèrent à me fixer. Étrangement, Madeleine fut la première à briser le silence.

— Ça explique tout un tas de choses.

Je me redressai d'un bond.

— Qu'est-ce que ça explique de plus que le fait que j'ai couché avec le père et le fils ?

Elle haussa ses délicates épaules.

— Non, vraiment. Nico était un peu crétin, et je n'ai jamais compris ce qu'elle lui trouvait. Mais Magnus… il est gentil et attentionné, et parfait pour toi. Peut-être y a-t-il un peu de Magnus en Nico, et c'est ce qui t'aura attirée chez lui.

Ginger ricana.

— La moitié de son ADN lui vient de Magnus… c'est plus qu'un peu.

— Ça n'a aucune importance, répondis-je en me battant avec Ginger pour tenter de me cacher sous la couette. C'est fini. Terminé. Nico peut convoler en justes noces avec Fiona, et Magnus peut retourner… là d'où il vient.

Et moi ? Je peux rester assise et subir l'humiliation pour le reste de ma vie. En célibataire. Peut-être devrais-je me retirer au couvent.

Madeleine fronça le nez.

— Nous ne sommes pas catholiques.

— Et les coiffes ne te vont pas du tout, souffla Ginger en s'asseyant près de moi. Écoute, d'accord, tu as couché avec le père et le fils, mais ce n'est pas comme si tu savais qu'ils étaient de la même famille ou comme si tu l'avais fait exprès. Ce n'est rien de plus qu'une coïncidence bizarre. Tu oublieras tout ça très vite.

Pourtant, je ne voulais pas oublier… Si je le faisais, cela signifierait oublier Magnus, ce que j'avais éprouvé pour lui la nuit dernière. J'avais l'impression que mon cœur battait pour lui. Rien que d'y penser, quelque chose se brisa en moi.

— Je l'aimais beaucoup. Vraiment beaucoup, murmurai-je tandis que les premières larmes se mettaient à couler.

Madeleine s'installa près de moi et me caressa les cheveux, m'offrant un soutien tacite.

— Nous le savons, Coco.

Aucune promesse. Pas de phrases creuses du style *il reviendra* ou *peut-être que les choses vont s'arranger…* car elles savaient toutes les deux que c'était peu probable. Et moi aussi.

— Je ne peux pas les affronter. S'ils viennent à la pâtisserie, je ne…

Un sanglot sortit de ma poitrine en imaginant Magnus qui me regardait avec dégoût. Non, je ne saurais les affronter. Je n'arriverais pas à endurer les moqueries de Nico ou le mépris de Magnus. Impossible. En ce moment, je n'avais pas le courage d'affronter cela.

— Personne n'a dit que tu devais les affronter, ma chérie, dit Ginger en me prenant la main. Je voudrais ne pas avoir à te demander de venir au travail, mais nous avons besoin de toi. Le dîner de répétition est ce soir, et je n'arriverai jamais à terminer les macarons sans ton aide.

— Je t'en prie, ajouta Madeleine. Je n'arrive pas à faire une garniture aussi bonne que la tienne, et Ginger n'a aucune patience pour travailler la pâte d'amande.

— C'est exact. La pâte d'amande, c'est de la connerie, elle ne me réussit pas. Tous les macarons que je prépare sont craquants et desséchés comme le vagin d'une vieille fille, ajouta Ginger en s'approchant légèrement, la tête inclinée et l'air sérieux. Nous avons besoin de toi à la pâtisserie ou alors nous n'allons pas réussir à honorer notre contrat. Tu peux te cacher à l'arrière…

pas besoin de t'occuper des clients. Mais je t'en prie, viens préparer les cookies.

Je me retrouvais avec deux sœurs qui m'imploraient et mon cœur qui n'arrêtait pas de me faire souffrir. Peut-être que ça me ferait du bien de m'occuper l'esprit.

— Très bien. Mais pas de client… pas le moindre. Et je me fiche de qui il s'agit.

— Promis, juré, craché, répondit Ginger en levant le petit doigt comme nous le faisions depuis l'enfance.

Nous croisâmes toutes les trois nos petits doigts en ricanant, essayant de nous tenir les unes aux autres.

Finalement, peut-être que la journée n'allait pas être si terrible.

Quatre heures, trois cents macarons et beaucoup trop de colorant alimentaire rouge plus tard, je dus admettre que ma journée n'avait pas été trop mal. À part l'épisode où j'avais été surprise après l'amour par le fils de mon rencard avec qui j'avais également couché et le fait que j'avais le cœur en mille morceaux à l'idée de ne plus jamais revoir Magnus. Mais bon… j'avais mon iPod qui hurlait dans mes oreilles, et tous les plateaux de macarons étaient superbes. Que pouvais-je demander de plus ?

Oui, c'était vraiment ça la chose la plus triste à laquelle j'avais jamais pensé. Toutes pensées positives confondues.

Misty passa quelques fois en arrière-cuisine pour vérifier si j'allais bien, mais mes sœurs la chassèrent pour qu'elle retourne dans le magasin. Elles prenaient très au sérieux leur promesse que je ne verrais personne… et *personne* incluait apparemment aussi notre renarde chargée de clientèle. Ce qui m'allait tout à fait… je n'étais pas prête à expliquer ce qu'il s'était passé.

Bien sûr, aucun plan ne se déroulait jamais parfaitement. Surtout lorsqu'on traitait avec une renarde maline. À un moment, alors que j'alignais les macarons roses à mettre dans les boîtes de livraison, une main apparut devant mon visage et arracha mes écouteurs.

— Hé, m'écriai-je.

Misty se tenait de l'autre côté du plan de travail, le visage quasiment blême.

— Que s'est-il passé, putain ?

Je regardai autour de moi, mais mes sœurs n'étaient pas là. Comme par hasard.

— Le duo de gardes du corps anti-renards est en train de gérer une petite crise avec la pièce montée, expliqua-t-elle d'une voix presque satisfaite. Toi et moi sommes seules, et tu vas me raconter ce qu'il s'est passé avant que je n'imagine le pire et que j'appelle ma famille pour qu'elle se lance aux trousses de ce chien.

J'adorais son instinct protecteur, sincèrement, mais c'était tellement déplacé. Et il n'était vraiment pas question que je lui raconte quoi que ce soit. Je ne pouvais le faire.

— Il ne s'est rien passé. Je ne vois pas de quoi tu parles.

Le regard que me lança Misty était presque brûlant.

— Oh, vraiment ? Tu ne vois pas ce qui pourrait t'avoir poussée à te cacher comme une criminelle en cavale ? Ou ce qui a motivé tes sœurs à m'empêcher de pénétrer dans les cuisines parce que, je cite, « Coco ne peut pas faire face à la vie pour le moment ».

D'accord, c'était un peu exagéré.

— Je peux très bien faire face à la vie.

— Mais pas à moi. Ni à Magnus.

Mon cœur se serra en entendant son prénom.

— Il n'y a rien de ce côté-là.

Si son haussement de sourcils pouvait parler, il dirait « Oh je t'en prie, meuf ».

— Vraiment ? Alors pourquoi s'est-il présenté cinq fois devant ta porte aujourd'hui, avec le visage d'un homme dont le cœur est brisé ? Pourquoi continue-t-il de revenir alors que je lui ai dit que tu refusais de le voir ?

Refuser... Ne pas pouvoir serait plus juste. Je ne pouvais le voir après ce qu'il s'était passé ce matin. Je ne pouvais affronter le dégoût dans ses yeux. Je ne pouvais l'écouter mettre un terme à ce que nous avions. Je ne pouvais vraiment pas le faire.

— Il quittera la ville après le mariage. Et tout reviendra à la normale.

Son visage, d'habitude si expressif, se figea.

— Quitter la ville.

— Oui, quitter la ville. Écoute, Misty... je sais que les choses sont un peu bizarres aujourd'hui, mais je ne veux pas en parler. Je veux juste finir ces cookies pour le dîner de répétition et rentrer à la maison pour me plonger dans un bain chaud avec une bouteille de Malbec, et peut-être même une glace ridiculement sucrée. Est-ce trop demander ?

— Tu n'imagines même pas, répondit-elle en secouant la tête. Il ne va pas cesser de venir te voir et il ne doit définitivement pas quitter la ville. Je vais le tuer pour ne pas te l'avoir dit.

— M'avoir dit quoi ?

Elle pinça les lèvres.

— Ce n'est pas à moi de te le dire.

— Dans ce cas-là, laisse tomber, parce ce que ça n'a pas d'importance. J'ai merdé. C'est soit ça, soit votre destin adoré qui a un sens de l'humour vraiment malsain. Quoi qu'il en soit, c'est terminé. Impossible d'oublier ce… qu'il s'est passé.

Nous restâmes à nous fixer, en silence… nous défiant du regard. Je refusais de céder et elle ne voulait pas baisser les yeux. Du moins jusqu'à ce que la sonnette de la porte d'entrée annonçant l'arrivée d'un client résonne dans le magasin. Jouer les patronnes était peut-être un coup bas, mais je le fis tout de même.

— Je crois qu'on a besoin de toi au magasin.

Misty me fusilla du regard, mais se tourna et sortit sans un mot. Au moins jusqu'à ce qu'elle arrive aux portes séparant les cuisines du magasin.

— Il n'arrêtera pas, il ne s'en ira pas, et la douleur qui te ronge ne fera qu'empirer. Tu ne veux pas m'expliquer ce qu'il s'est passé… très bien. Mais tu finiras par le faire. Quand tu seras prête, je serai encore là pour toi, même si tu te comportes un peu comme une abrutie aujourd'hui.

Je m'affaissai dès que la porte se referma derrière elle en bruissant. Je me comportais vraiment comme une crétine. Mais j'étais blessée et gênée, et la dernière chose que je voulais c'était revivre ce qu'il s'était passé ce matin, encore et encore. C'était mieux d'oublier… d'effacer tout cela de mon esprit et de me plonger dans le travail.

Misty avait raison à propos d'une chose… un jour, je lui raconterais ce qu'il s'était passé. Mais elle avait tort, également. C'était impossible que Magnus continue à essayer de me voir. Il avait toute sa vie à vivre ailleurs qu'à Kinship Cove. Il n'abandonnerait jamais cela pour moi.

Surtout après avoir appris ce qu'il y avait eu entre Nico et moi.

Mais je n'arrivais pas à me concentrer là-dessus. Au lieu de cela, je remis mes écouteurs et poussai le volume à fond. J'avais encore des cookies à terminer. Un travail à accomplir, parfait pour oublier le désastre qu'était devenue ma vie.

Les macarons à la rescousse.

CHAPITRE HUIT

COCO

La journée passa lentement, la préparation des macarons ne me faisant oublier que le temps de quelques heures le bordel de ma vie. Une fois qu'ils furent terminés, je n'avais plus rien d'autre à faire que ruminer. Mon cœur et ma tête refusaient de me laisser oublier combien Magnus me manquait, ce qui était idiot. Je ne le connaissais que depuis deux jours…même pas encore quarante-huit heures. J'aurais dû pouvoir effacer de ma mémoire tout ce qui le concernait et digérer l'humiliation indélébile d'avoir été surprise en pleine marche de la honte par le fils de mon compagnon. Qui était également mon ex-petit ami.

Je veux dire, sincèrement… c'était vraiment ce sur quoi je devrais me concentrer.

Au lieu de cela, tout ce à quoi je pensais, c'était le fait que Magnus était venu à la pâtisserie dans l'espoir de me voir. Qu'il avait voulu me parler après tout ce qu'il s'était passé. Qu'il était resté présent et qu'il avait tenté de me joindre. Enfin, il n'avait cessé de le faire jusqu'à l'heure du dîner de répétition. Bien sûr.

Je m'assis dans les cuisines de la pâtisserie dans la pénombre et le silence. Mes sœurs étaient déjà parties pour la soirée, avec Misty. Elles avaient livré les macarons et la pièce montée – une sculpture de loup en train de hurler, bien entendu – à la salle de banquet où se tenait la réception. Elles étaient probablement déjà rentrées depuis des heures. Et moi ? J'étais restée à la pâtisserie, prétendant avoir du ménage à faire. Tout ce dont j'avais envie, en fait, c'était un peu de temps pour m'apitoyer sur moi-même avant d'affronter le vide chez moi.

Apparemment, j'adorais me plaindre.

La sonnerie du téléphone de la cuisine brisa le silence dans lequel j'étais plongée. Je faillis ne pas répondre – après tout, nous étions fermés –, cependant peu de personnes disposaient de ce numéro. Les clients utilisaient le téléphone du magasin. C'était peut-être une de mes sœurs qui avait besoin de quelque chose, alors ce fut la seule raison qui me poussa à décrocher. Toutefois, je regardais le téléphone de travers en m'approchant.

Jamais je n'avais eu peur d'un bout de plastique avant cela.

Une profonde inspiration.

— Pâtisserie *Un amour de gâteau*, Coco à l'appareil. Comment puis-je vous aider ?

— Merci au destin ! Coco, c'est Misty.

Elle paraissait stressée. Ça devait être grave.

— Qu'est-ce qui ne va pas ?

— Nous n'avons pas la pièce montée.

Il me fallut cinq bonnes secondes avant que je ne comprenne ce qu'elle venait de dire. Toutes mes pensées à propos de Magnus et de ma propre honte s'envolèrent, et je me remis en mode travail.

— Que veux-tu dire, vous ne l'avez pas ?

J'étais en mouvement avant même d'avoir terminé de poser cette question ridicule, me dirigeant vers la chambre froide qui se trouvait au fond des cuisines.

— Euh, ben qu'elle n'est pas là ! Je veux dire, ici, à la salle de banquet. J'étais en train de m'assurer que les macarons étaient bien disposés sur les plateaux qu'avait souhaités la mariée quand j'ai remarqué l'espace vide sur le buffet. J'ai cherché partout… elle n'est pas ici.

— C'est impossible. Ginger était censée…

Ginger était supposée apporter le gâteau avant de rentrer à la maison pour la nuit. Mais elle avait oublié de prendre la pièce montée et était rentrée à la maison. Le loup se trouvait dans la chambre froide, superbe et appétissant. Madeleine s'était surpassée… Ginger s'était plantée en beauté.

— Mince !

— Elle est là, n'est-ce pas ?

Je soupirai et saisis le gâteau et le posai sur le poste d'emballage.

— Oui. Et elle n'est même pas en boîte. À quoi pensait Ginger ?

— Je suis quasi certaine qu'elle pensait au métamorphe dragon qu'elle vient de rencontrer.

Venais-je de tomber dans un monde parallèle ?

— Quel métamorphe dragon ?

— Ça n'a pas d'importance. Écoute, la répétition débute bientôt, et les invités vont remarquer l'énorme vide sur le buffet des desserts. Il faut que tu apportes le gâteau.

Mode travail… désactivé. Hors de question que j'aille dans cette salle.

— Non, je ne peux pas venir. Tu vas devoir venir la chercher.

— On n'a pas le temps. Tu as tout juste le temps de la mettre dans ta voiture et venir jusqu'ici.

Elle n'avait pas tort, mais tout de même… je ne pouvais pas le faire. Je secouai la tête et fermai les yeux pour tenter de trouver suffisamment de courage pour affronter Nico et Magnus et me montrer. Rentrer dans une pièce où grouilleraient pratiquement tous les gens que je connaissais, en sachant que certains d'entre eux avaient probablement entendu parler de ce que j'avais fait. Kinship Cove était une petite ville, et les gens jasaient. Les secrets ne restaient jamais enterrés très longtemps.

— Je t'en prie, Coco, supplia Misty. Pour ton entreprise, tu vas devoir te comporter en adulte et apporter ce gâteau ici.

Je déglutis et soupirai.

— Je ne peux pas les affronter.

— Tu n'auras pas à le faire, chérie. Passe par-derrière… je t'attendrai dans la cuisine pour prendre la pièce montée. Tu viens et tu t'en vas, ça ne te prendra pas plus d'une minute.

Moins d'une minute. Pour assurer le succès de l'entreprise que nous avions montée à partir de rien. Ginger avait peut-être déconné, mais c'était probablement un accident. Tandis que si je ne me reprenais pas, ce serait volontaire. Je n'avais pas le droit de nous faire ça, à mes sœurs et à moi.

— Oui. D'accord, je pense que je peux le faire.

— Bien, dit-elle avec soulagement. Maintenant, mets ce gâteau en boîte et ramène tes fesses. Tu vas être un peu juste en temps.

— J'm'en occupe.

Je raccrochai et me mis au travail, m'assurant de protéger le gâteau dans une grande boîte solide avant de le mettre dans ma voiture. Ce satané truc pesait une tonne, alors ce ne fut pas facile de m'en charger toute seule. J'y parvins tout de même. Puis je me mis en route pour l'endroit où mon ex allait épouser son âme sœur sous le regard de son père... mon amant actuel.

Pas bizarre du tout.

Vingt minutes plus tard, je me garai devant la porte arrière de la salle de réception avec un gâteau en forme de loup sanglé sur le siège passager. Je bondis hors de la voiture, l'estomac noué... Moins d'une minute. Je n'avais pas besoin de passer plus d'une minute ici. Impossible que je tombe sur Magnus en moins d'une minute, même si je le voulais.

Et j'en avais presque envie.

Il me manquait.

Apparemment, j'aimais aussi me faire du mal.

— Dépose le gâteau et rentre chez toi. Moins d'une minute, fredonnai-je en attrapant la pièce montée pour me diriger vers la porte de la cuisine.

Le gâteau était lourd, et les portes également. Je dus donner un coup de pied sur la surface en métal, espérant que Misty m'attendait de l'autre côté. Elle s'ouvrit d'un coup une seconde plus tard, et je me précipitai à l'intérieur, totalement concentrée sur le fait de bien tenir ce satané gâteau jusqu'au comptoir à quelque six mètres de là.

— Dieu merci, tu es là, dis-je une fois dans la cuisine. Laisse-moi poser cela, que nous puissions y jeter un œil, puis je rentre chez moi. Je veux partir d'ici avant que quiconque me voie.

— Mais tu es tellement jolie dans ton uniforme de cuisine, Coco.

Je titubai, manquant de lâcher le gâteau en me tournant pour regarder en face la personne qui venait d'ouvrir la porte. Ce n'était pas Misty. C'était le dernier métamorphe que je voulais croiser...

— Nico.

Un petit rictus se dessina sur ses lèvres, comme s'il pensait que le hâlètement dans ma voix en prononçant son nom avait quelque chose à voir avec du désir. Il n'en était rien… le gâteau était vraiment fichtrement lourd. Je posai le mastodonte sur le comptoir et balayai la pièce du regard, espérant que Misty apparaisse comme par magie, ou que le sol s'ouvre pour m'avaler tout entière. Ou encore qu'une horde de zombies se rue dans la cuisine et détourne l'attention du métamorphe.

Ç'aurait été trop beau !

— Alors, voilà la pièce montée, dit Nico en s'approchant. C'est toi qui l'as faite ?

— Madeleine s'occupe des gâteaux.

Je n'aurais pas dû avoir à le lui expliquer… il m'avait suffisamment entendue parler de la pâtisserie pour savoir comme notre entreprise fonctionnait. Ce n'était pas comme s'il y avait passé beaucoup de temps. En fait, Magnus avait passé plus de temps dans nos cuisines en deux jours que Nico en plusieurs mois. Réalisation glaçante qui me confortait dans l'idée qu'il fallait en finir très vite.

J'ouvris la boîte et reculai d'un pas, toujours très fière du gâteau que mes sœurs avaient préparé, même si je n'avais aucune envie d'en parler avec cet homme.

— Madeleine l'a créé en suivant les requêtes de Fiona. J'espère qu'il est à ton goût.

Il acquiesça d'un bruit de gorge, ne regardant qu'à peine le gâteau sur lequel ma sœur avait probablement passé quinze heures.

— Eh bien, j'espérais que tu t'occuperais de tout. Pour moi.

Il me lança un regard appuyé et son petit sourire qui autrefois me faisait vaciller. Mais ce n'était plus le cas. Cela faisait longtemps qu'il n'était plus dans mes petits papiers et aujourd'hui rien n'avait changé. Je n'éprouvais aucune nostalgie et il ne me manquait pas… J'étais passée à autre chose.

Son père me manquait.

— Eh bien…, dis-je, refusant de lui parler ou d'épiloguer sur son commentaire ridicule. Je vais devoir y aller.

Je me tournai et me dirigeai vers la porte. Pour m'enfuir.

— Misty est là et s'occupera de la présentation de la pièce montée. Félicitations et merci d'avoir fait appel à *Un amour de gâteau*. Si tu désires autre chose…

— Je désire savoir pourquoi tu cours après mon père.

Douche froide. Mon sang se glaça.

— Je te demande pardon ?

— Tu m'as bien entendu.

Il avança derrière moi, attrapa mes bras et me tira contre son torse.

— Je te manque tellement que tu as besoin de traîner chez mon vieux ?

Je me dégageai d'un mouvement brusque, la glace dans mon sang se transformant d'un coup en flammes.

— Magnus n'est pas vieux, et je ne savais qu'il était ton père lorsque je l'ai rencontré.

— Pourtant, c'est le cas, et c'est bizarre. Alors, que dirais-tu de rester à bonne distance de lui, d'accord ? Même si je doute qu'il souhaite passer du temps avec toi après que je lui ai tout raconté sur nous.

Oh. Oh non.

— Tu... lui as raconté.

Nico haussa les épaules.

— Il m'a posé des questions sur nous, alors je lui ai déballé toute l'histoire. Comment nous nous sommes rencontrés, nos rendez-vous, combien tu aimais que je te mordille les tétons pendant que tu chevauchais mon sexe.

Mortifiée. J'étais mortifiée. Tout comme mes chances de réconciliation avec Magnus étaient fichues.

— C'est... Pourquoi as-tu fait ça ?

Misty franchit en trombe les portes battantes au fond de la cuisine, l'air paniqué. Du moins, jusqu'à ce qu'elle remarque Nico... alors elle devint furieuse.

— Tu ne devrais pas être en train de répéter avec ta compagne ?

Il se pencha vers moi, et me dit à voix basse :

— Je n'ai jamais aimé prêter mes jouets, Coco. Aucun homme n'aime passer en deuxième position.

D'un bond, Misty s'interposa entre nous, l'air furibond.

— Oh putain, ne t'avise pas...

Mais c'était trop tard, le mal était fait... il avait parlé à Magnus. Il lui avait *tout* raconté. Il avait détruit toutes mes chances. Les avait incendiées et réduites en cendres. Et il le savait.

— Joli chien de chasse, lança Nico en reculant, sourire aux lèvres. Ravi de t'avoir vue, Coco. La pièce montée est superbe... je suis certain que mon père va l'adorer.

Il passa les portes et disparut, me laissant seul avec Misty.

— Dis-moi que tu ne crois pas ses conneries.

Je m'humectai les lèvres, incapable de prononcer le moindre mot. Je ne voulais pas me souvenir. J'avais la nausée... Il avait tout raconté à Magnus. Notre vie sexuelle. Des choses qui auraient dû rester entre nous et ne jamais être dévoilées. Ça s'était sûrement passé pendant ces dernières heures... Magnus s'était déplacé jusqu'à la pâtisserie pratiquement toute la journée, pour essayer de me voir. Pourtant, j'avais ignoré ses messages et ses appels, et j'avais refusé de sortir de la cuisine. J'avais... j'avais vraiment déconné. Peut-être que si je lui avais parlé en premier et lui avais expliqué ce qu'il s'était passé entre Nico et moi, il n'aurait rien demandé. Alors Nico n'aurait pas pu tout saboter... Quoi ? Magnus et moi n'étions rien l'un pour l'autre. Nous étions sortis brièvement ensemble et avions passé une nuit torride. Rien à voir avec une relation durable. Aucune promesse d'avenir. Ça n'avait été que de bons repas, du sexe et une compagnie agréable.

Et tout cela allait vraiment me manquer.

— Coco, m'appela Misty en s'approchant comme pour m'attraper le bras. Que veux-tu que je fasse ?

— Rien, murmurai-je en reculant d'un pas car il fallait que je m'échappe. Ça n'a pas d'importance. Plus rien n'a d'importance.

— De quoi parles-tu ?

— Je dois m'en aller.

Je me précipitai dehors jusqu'à ma voiture en espérant avoir démarré avant de craquer, car les larmes commençaient à couler. Avant que l'on me voie pleurer derrière la salle de réception où mon ex était en train de fêter son futur mariage avec son âme sœur. Je voulais que personne ne se fasse d'idées… je ne pleurais pas à cause de Nico.

Je pleurais son père.

CHAPITRE NEUF

MAGNUS

Je n'avais jamais été aussi en colère de ma vie. J'avais fulminé toute la journée, depuis que Nico nous avait interrompus, Coco et moi, et qu'elle s'était enfuie. Je n'étais pas en colère après Coco. Jamais après elle. Mais plutôt après moi-même… parce que je ne lui avais pas dit qu'elle était mon âme sœur afin que nous puissions sceller notre union. En colère de ne même pas avoir réussi à la convaincre de me parler. Je savais qu'elle souffrait, c'était évident, et je ne pouvais rien faire pour tout réparer. Si je lui avais dit qu'elle était ma compagne, rien de tout cela ne serait arrivé. Elle aurait eu suffisamment confiance en notre lien pour faire face à Nico. Mais j'avais échoué parce que j'avais gardé le secret, et maintenant elle souffrait à cause de moi.

Alors non, je n'étais pas en colère après elle... la situation dont j'étais seul responsable me rendait fou de rage.

Le fait que je sois coincé à la répétition de mariage de Nico n'arrangeait rien. Le banquet portait l'odeur de Coco. Pas totalement, pas comme si elle se trouvait dans la même pièce que moi, mais son odeur était présente. Elle flottait dans les pièces, dispersée par l'air circulant dans les conduits d'aération. Ça me prenait par surprise et m'arrachait à ce que je faisais. Et ça me rendait complètement fou.

Comme cet homme dont je venais d'apprendre le lien qui nous unissait.

— Je veux dire, si tu es si désespéré que ça, je te donnerai mon petit carnet avec les contacts de filles. Je n'en aurai plus besoin.

Mon *fils* allait très vite se rendre compte de ce que signifiait se frotter à un vrai métamorphe loup.

— Nico, dis-je en réprimant un grognement. Laisse tomber. Immédiatement.

Il ricana, attirant l'attention de sa compagne. Fiona était une jeune femme adorable qui avait la tête sur les épaules. Elle avait aussi été élevée dans une meute de métamorphes, à l'inverse de Nico. J'avais l'impression qu'elle allait devoir gérer les choses pendant très longtemps, ce qui était probablement mieux pour mon fils. Parfois, il était un peu trop *humain*. Comme en ce moment.

— Allez, mon vieux. Tu dois avouer que c'est plus que bizarre. Je veux dire… tu as couché…

Le grognement que je tentais de réprimer résonna dans la salle de réception, réduisant au silence tous les métamorphes de la pièce. Bien… Nico devait *entendre* ce que j'avais à lui dire, pour une fois.

— Ce que Coco et moi avons fait ne te regarde pas. Tu comprends ce que je te dis ?

Nico ouvrit la bouche, prêt à répondre, mais Fiona l'interrompit sèchement.

— Ça suffit.

Mon fils ferma la bouche d'un coup. Mais pas longtemps, en revanche.

— Fiona, j'étais juste…

— En train de te comporter comme un imbécile.

Elle se posta devant lui, le regard rempli de colère. Je la comprenais.

— Tu n'as pas grand-chose d'un loup, Nico. Pas grand-chose d'un fils non plus… Magnus rencontre enfin sa compagne, après tant d'années, et tout ce que tu fais, c'est te mettre entre eux. C'est pathétique. Mais plus encore que n'être qu'un piètre loup ou un piètre fils, tu es encore pire comme homme ou comme compagnon, car tu ne penses pas à ta compagne. Qu'ai-je fait pour mériter que le destin m'unisse à quelqu'un comme toi ?

La pièce était devenue silencieuse. Que disait le proverbe humain ? On entendait une mouche voler. Les métamorphes restaient immobiles… et silencieux. Tous fixaient, littéralement captivés, le couple qui se disputait. Ces gens qui étaient supposés descendre l'allée dans moins de quarante-huit heures. Si ça, ce n'était pas gênant !

Comme Nico ne répondait pas à Fiona, elle tourna les talons et sortit d'un pas rageur de la pièce, Nico courant après sa compagne qui s'en allait. Merci au destin pour ces petits miracles. J'avais supporté ses conneries toute la journée, j'avais fait des allers-retours entre mon hôtel et la pâtisserie pour tenter d'avoir une discussion avec Coco tout en aidant Nico à se préparer pour ce week-end de mariage. Rien n'avait été simple aujourd'hui, mais entendre parler de ma compagne et d'un autre homme n'avait fait qu'empirer les choses. Puis sentir son odeur sans pouvoir la voir, la toucher, ou même savoir si elle allait bien était un véritable calvaire.

Je passai l'heure suivante à serrer des mains, à sourire et à jouer le père du marié pour une pièce remplie de gens qui ne m'intéressaient pas le moins du monde. Les métamorphes restaient à bonne distance, ressentant probablement le niveau de stress qu'éprouvait le loup en moi d'être séparé de sa compagne. Ou peut-être avais-je seulement une tête à faire peur. Je n'aurais su le dire.

— Tu as vraiment tout foiré, dit une femme.

Ce n'était pas n'importe qui, il s'agissait d'une des jeunes femmes de la pâtisserie. La métamorphe renarde qui avait été sur la défensive toute la journée. En plus, elle sentait tellement comme Coco que je gémis presque.

— Où est-elle ?

Misty secoua la tête, les yeux plantés dans les miens. Elle semblait vraiment en colère.

— Elle n'est pas encore prête pour toi.

Je laissai échapper un grognement, que je dus réprimer car je ne voulais pas contrarier le seul lien que j'avais avec Coco, et je ne voulais pas gâcher l'opportunité que m'offrait l'arrivée de Misty. Alors je ravalai ma fierté autant que je le pus et fis la seule chose en mon pouvoir. Je lui demandai de l'aide.

— Comment puis-je faire ?

— Eh bien, pour commencer, tu peux botter les fesses de Nico pour avoir ouvert sa grande bouche. Je pensais qu'elle allait mieux, qu'elle était prête à rompre. Puis cette tête de nœud… désolée, je ne devrais pas insulter ton fils…

— Ça va. Tête de nœud me semble approprié, étant donné la situation.

— Bien. Donc, cette tête de nœud l'attrape dans l'arrière-cuisine et lui dit qu'aucun homme n'aime passer en deuxième position.

Mon cœur fit un bond. La seule chose l'empêchant de s'arrêter totalement était l'intense envie de détruire Nico. Fils ou pas, un homme n'avait aucun droit de parler ainsi à ma compagne.

— Je vais le tuer.

— Oui, mais ça ne fera pas revenir Coco, alors oublions le meurtre.

Plus facile à dire qu'à faire.

— Bien. Qu'a-t-il dit d'autre ?

Elle haussa les épaules, lèvres serrées comme si elle venait de croquer dans quelque chose de rance.

— Quelque chose à propos de ne pas aimer que les autres jouent avec ses jouets.

— Coco n'est *pas* un jouet.

— Sans déconner ? Ravie qu'on soit sur la même longueur d'onde, cabot, répondit-elle en se penchant pour attraper quelques macarons sur le buffet à desserts avant de me les tendre. Mange ça. C'est Coco qui les a préparés.

C'était une raison suffisante pour que je dévore le tout. Je croquai la pâtisserie. Douce, craquante, légèrement fruitée… c'était une merveille. C'était également une partie de ma compagne. Je pouvais presque retrouver sa saveur dans la pâte d'amande, son odeur dans la garniture. Pas étonnant que je n'arrêtais pas de percevoir des bouffées de son parfum dans la salle de réception… elle avait transmis son odeur aux gâteaux. J'avais envie de m'empiffrer de macarons pour retenir une partie d'elle. Je voulais aussi balancer la table où se trouvaient les desserts et poursuivre ma compagne. Étrange réaction à un gâteau.

— Ils sont délicieux, dis-je en fixant d'un air égaré les cercles roses présentés sur le buffet.

Dévorer ou détruire. Dévorer ou détruire.

— Si tu saccages ces gâteaux, Coco va te tuer.

Ma décision était prise. Je détachai mon regard du buffet et surpris un clin d'œil de Misty.

— On dirait que tu m'as plutôt bien cerné, renarde.

— J'ai vu assez de loups qui avaient trouvé leur compagne pour savoir comme ils peuvent se comporter de manière stupide.

Compagne. *Ma* compagne. Que j'avais déçue. Eh bien, merde, la renarde voudrait peut-être m'écorcher vif quand j'aurais avoué mes erreurs. Il était temps de me comporter en homme.

— Je n'ai pas dit à Coco qu'elle était mon âme sœur.

Misty ne sembla pas le moins du monde surprise.

— Oui, je m'en suis doutée quand j'ai vu que Nico la déstabilisait si facilement. Elle n'a aucune idée de ce que tu ressens vraiment pour elle, parce que tu as décidé de ne pas lui donner cette information cruciale qui décidera du reste de sa vie.

Misty haussa les sourcils, et ce simple geste me fit l'effet d'un coup de poignard dans le cœur.

— Tu aurais dû le lui dire le premier jour. C'est quoi ton problème ?

Qu'est-ce qui clochait chez moi ? J'avais passé une centaine d'années tout seul, vieillissant alors que mes frères en couple restaient jeunes. J'avais imaginé que le destin m'avait oublié, avait choisi de ne pas m'offrir la chance de trouver une âme sœur. J'avais vu des couples bien assortis et d'autres qui ne s'entendaient pas du tout, et j'étais terrifié à l'idée de tout faire capoter, maintenant que j'avais enfin trouvé la femme faite pour moi.

Mais c'était énorme de l'avouer à une personne que je ne connaissais qu'à peine, aussi me contentai-je d'un commentaire qu'elle était susceptible de comprendre.

— Elle est humaine.

Elle répondit en levant les yeux au ciel :

— Mais elle a vécu toute sa vie dans une ville de métamorphes. Elle sait exactement comment ça fonctionne. Elle avait aussi des métamorphes dans sa famille… L'homme qu'elle considère comme son oncle est le mâle alpha de la meute de Kinship Cove, putain ! Elle a vu ce qu'il se passe lorsqu'un métamorphe rencontre sa compagne, et toi, tu n'as rien fait de ce à quoi elle s'attendait. Tu as gardé le secret sur cette énorme révélation pour la protéger, pourtant ça l'a blessée. En ce moment même, elle est en train de digérer le désir ardent d'être avec toi, le fait qu'elle a peut-être gâché ses chances avec toi à cause de son passé, et la possibilité que tu la quittes le jour où tu rencontreras ton âme sœur. Parce que ça lui est arrivé trois fois.

Oh, ma pauvre Coco.

— À cause du destin.

— Exactement. Tu dois lui dire la vérité. Que tu es son compagnon, que seul votre lien est important et que tu ne vas pas disparaître un jour si quelqu'un de mieux qu'elle croise ton chemin.

Il n'y aurait jamais personne de meilleur qu'elle. Pas pour moi.

— Je vais lui dire tout cela. Tout. Dès que je la verrai, je poserai mon cœur à ses pieds. Cependant, il reste un problème.

Encore un haussement de sourcil. Un seul, cette fois-ci.

— Quel problème ?

— Elle refuse de me parler.

Les lèvres de Misty dessinèrent un sourire légèrement sadique. Tout à fait adapté à l'idée que je me faisais d'un renard fourbe.

— C'est là que j'interviens.

CHAPITRE DIX

COCO

Je jure que je ne fixais pas l'horloge. Je remarquai juste quand elle passa de 7:59 à 8:00. J'étais en train de regarder le décodeur en tapant sur les touches de ma télécommande pour trouver quelque chose – n'importe quoi – à regarder qui ne me rappellerait pas Magnus. Je ne guettais pas intentionnellement l'heure à laquelle la répétition du dîner devait commencer. Et même si ça avait été le cas, je ne l'admettrais jamais.

Contrariée, j'éteignis le bouton et lançai la télécommande sur le canapé. Le voisinage était trop calme, apparemment tout le monde était à la salle de réception pour fêter le mariage à venir entre Nico et Fiona. Ça m'était égal… j'étais heureuse pour eux qu'ils vivent leur conte de fées. Et le mien ? Eh bien… j'étais quasiment certaine d'avoir gâché toutes mes chances de le vivre un jour. Je ne devrais pas me sentir ainsi…

Magnus et moi ne nous connaissions que depuis quelques jours… Pourtant, quelque chose en moi me disait qu'il était le bon. Celui qu'il me fallait. Mon promis.

Ooh, je pourrais peut-être trouver quelques redifs de *Friends*.

Non, avec ma chance, ce serait l'épisode « Celui qui vivait mal la rupture ». Non. Maudit Ross.

Mon téléphone vibra sur la table et je tendis la main pour le saisir, plus par habitude qu'autre chose. Misty m'appelait… pas un texto, Instagram ou WhatsApp, un véritable appel. Très étrange. Je glissai tout de même mon pouce sur l'écran pour répondre.

— S'il y a un problème avec le loup, tu vas devoir appeler quelqu'un d'autre. Je suis déjà en pantalon de yoga avec mon bac de glace.

— Il y a vraiment quelque chose qui cloche avec ce loup, mais tu es la seule à pouvoir y remédier.

Ça… ce n'était pas Misty. Des frissons me parcoururent tout le corps, comme si toutes mes terminaisons nerveuses se réveillaient en même temps. Magnus. Il utilisait le téléphone de Misty. Je ne trouvai rien à dire, alors je restai silencieuse.

— Coco.

La voix rauque et envoûtante de Magnus me fit trembler, et j'étais presque sûre d'avoir émis un petit gémissement. Ou peut-être était-ce lui qui avait gémi. Non, c'était idiot. Ce devait être moi. Il ne pourrait...

— Coco, ma beauté, ouvre la porte.

— Quelle porte ?

— Ta porte d'entrée.

Je me dirigeai comme une automate vers l'entrée. Je ne voulais pas obéir, cependant j'étais incapable de résister. Plus rien n'avait de sens, sinon que Magnus était en train de me parler et je ne voulais pas qu'il arrête de le faire. Jamais.

— Tu veux que j'ouvre ma porte d'entrée ?

— Oui, beauté. Ouvre-la !

— Pourquoi ?

— Parce que je ne pourrai pas te prendre dans mes bras, si tu ne le fais pas.

Oh mon Dieu. Magnus était là. À ma porte. J'avançai plus vite, me ruant vers la plaque blanche en bois et en verre qui se dressait entre nous. Je pleurai presque en apercevant sa silhouette à travers les rideaux. Magnus. Ici.

Cependant, les souvenirs me revinrent... Plus tôt ce matin, à l'hôtel, tombant sur Nico, passer en deuxième position...Alors il me sembla impossible d'ouvrir la porte.

— Et si je ne le veux pas ?

— Tu le veux, répondit-il d'une voix sacrément confiante, tandis que je tremblais et luttais contre l'angoisse qui me submergeait à l'idée de le voir.

À l'idée de le perdre. Tout m'angoissait.

— Et si je n'y *arrive* pas ?

— Si tu veux qu'on joue au grand méchant loup qui souffle sur la porte, ça peut se faire. Mais tes voisins risquent de ne pas apprécier.

Je posai ma main sur la vitre, un sourire timide sur les lèvres.

— Mes voisins sont tous partis au dîner de répétition. Où tu devrais te trouver, toi aussi.

— Non, ma beauté. Je suis exactement là où je dois être.

Les mots parfaits. Exactement ceux que je pensais avoir besoin d'entendre. Et pourtant...

— Magnus ?

— Oui, Coco ?

— J'ai trop peur de l'ouvrir, murmurai-je.

— Oh, chérie. Il n'y a absolument rien à craindre, mais je comprends. Pourquoi ne reculerais-tu pas ? Va t'adosser contre le mur dans la cage d'escalier.

Je fis ce qu'il me dit, encore une fois incapable de ne pas lui obéir. Ne comprenant pas vraiment pourquoi je n'arrivais pas à simplement attraper le petit verrou et le tourner pour le laisser entrer. Mais je ne parvenais pas… à le laisser entrer ni à ignorer ce qu'il me disait, même s'il affirmait qu'il allait ouvrir la porte.

J'étais en vrac.

Pourtant, pas autant que Magnus. La porte vola et s'ouvrit à la seconde où mon dos se posait contre le mur, et il était là… grand, fier et complètement bestial. Son loup avait pris le contrôle. Pourtant, ce qui me frappa, ce ne fut pas son côté animal, mais les cercles noirs sous ses yeux, comme s'il n'avait pas dormi depuis des jours, et le regard fou qu'il me décocha. Et le tremblement de ses mains quand il s'approcha de moi.

— Tu m'as tellement manqué aujourd'hui, ma beauté.

Il m'avait manqué, lui aussi. Tellement, mais tellement. Pourtant, je n'arrivais pas à bouger. Je n'arrivais pas à céder au manque que je ressentais. Il y avait tant de choses qui n'allaient pas entre nous, tellement de raisons pour que je finisse le cœur en mille morceaux.

Tout me faisait déjà souffrir, et je n'avais été avec lui que quelques jours. Comment serais-je après quelques mois d'amour pour lui ? S'il me quittait après des années parce qu'il aurait trouvé son âme sœur ? Je ne pouvais pas le faire.

Je ne voulais pas le faire.

— Magnus, je ne pense pas...

— Tu es mon âme sœur.

Il avança d'un pas et mon monde vacilla.

Âme sœur ?

— Quoi ?

— Je suis désolé de ne pas te l'avoir dit tout de suite. Je pensais que tu avais besoin de temps pour me connaître avant que je ne t'assomme avec quelque chose d'aussi lourd et intense. Je n'avais pas réalisé que tu avais vécu au milieu de métamorphes et que tu savais exactement ce qu'être en couple signifiait pour nous, expliqua-t-il en s'approchant encore, les yeux plongés dans les miens, me clouant sur place de son regard. Je ne savais pas que tu avais déjà eu le cœur brisé par un métamorphe indélicat qui aurait dû savoir qu'on ne joue pas avec ça.

— Magnus, je...

— Je ne suis pas en train de jouer, Coco. Ni avec toi, ni avec ton cœur, rien de tout cela. Tu es mon âme sœur, la personne que le destin a estimé être parfaite pour moi. Rien d'autre n'a d'importance... ni Nico, ni ton passé emmêlé, ni cette farce de mariage. Tout ce qui importe, c'est toi et moi, poursuivit-il en passant un doigt sur ma joue, ce qui m'électrifia le corps. J'ai attendu fichtrement longtemps de te rencontrer. Je ferai tout pour toi.

Je fermai à demi les yeux, j'avais presque envie de m'éloigner de lui. La joie que me procuraient ses paroles apaisait mon cœur douloureux, mais pouvais-je *lui* faire confiance ? Pourrions-nous oublier... l'histoire avec Nico ?

Je ne pouvais me résoudre à franchir ce pas, sans savoir.

— Tu es en train de rater le dîner de répétition de ton fils.

— Ce n'est pas vraiment..., soupira Magnus. Mon fils se comporte parfois comme un imbécile.

— Je ne te donnerai pas tort là-dessus.

— Il n'aurait jamais dû jouer avec tes sentiments comme il l'a fait, et il est évident qu'il n'aurait jamais dû parler de toi sachant que nous étions ensemble. Il n'a aucun droit de remettre en question le destin, dit-il en s'approchant encore, me partageant sa chaleur et m'enveloppant de son odeur. Sa mère était humaine et l'a élevée comme un des leurs. Je ne savais même pas qu'il existait jusqu'à ce que je le croise un jour en voyage d'affaires, quand j'ai reconnu mon odeur en lui. Il ne connaît pratiquement rien des codes et traditions des métamorphes car il n'a pas grandi avec eux, ce qui ne nous donne pas grand-chose en commun. Depuis quelques mois, j'essaie de construire quelque chose avec lui – une sorte de relation –, mais j'ai été tellement absent de sa vie. Je fais beaucoup d'efforts, mais… Mais, c'est un adulte, Coco. Ce n'est pas un enfant qui aurait besoin de moi au quotidien. Je l'aime parce qu'il fait partie de moi, cependant je ne le connais pas. Et pour être sincère, ce dont je suis convaincu, c'est que je ne l'aime pas beaucoup.

— C'est ton fils.

— Et toi, tu es mon âme sœur. Mon avenir. Tu es à moi pour l'éternité… si tu veux bien de moi.

Je tendis les mains vers lui pour l'attirer contre moi et posai mes lèvres sur les siennes. Comment faire autrement après tout ça ? J'étais sa compagne, son *âme sœur*, ce qui signifiait que nous allions avoir des liens dont les humains ne peuvent que rêver. Forts, puissants et indestructibles. J'avais entre mes bras tout ce dont j'avais toujours rêvé.

Et il était hors de question que je laisse cela m'échapper, que je le laisse m'échapper.

Sans vraiment qu'on y prenne garde, notre baiser s'intensifia. Magnus me souleva par les cuisses, me plaquant au mur avec son bassin, et se mit à assaillir mon sexe du bord épais de son membre. Je gémis en le tirant tout contre moi. J'en voulais plus. Je me foutais que la porte soit ouverte et que l'on puisse nous voir. Qu'ils nous matent tous ! Mes voisins étaient des métamorphes d'une sorte ou d'une autre… ils comprenaient l'attraction entre âmes sœurs.

Mon Dieu, je ne pouvais me lasser de ce mot. *Âmes sœurs* !

Magnus interrompit finalement notre baiser et ses yeux scintillaient en se plongeant dans les miens.

— J'ai attendu plus de cent ans de trouver mon âme sœur, et te voilà. Mais je ne suis plus très jeune, Coco. Je n'ai plus la patience de jouer aux jeux auxquels mon fils s'adonne. Alors dis-moi que tu veux être mienne… dis-moi que nous allons réussir à surmonter ça, parce que j'ai attendu un siècle pour ma compagne et je ne veux pas attendre une seconde de plus.

Cette nuit s'était nimbée de magie. C'était tellement mieux qu'une rediffusion de *Friends*.

— Oui, Magnus… Je dis oui… à tout.

— Je remercie le destin.

Il s'écarta du mur, me portant dans l'entrée pour fermer la porte d'un coup de pied, puis se précipita dans l'escalier tandis que je riais.

— Tu vas te démettre le dos, vieil homme.

Il poussa un grognement qui résonna jusque dans mon sexe.

— Je ne suis pas encore vieux, ma beauté. J'ai simplement de l'expérience, et je vais utiliser tout ce que je connais sur le plaisir féminin pour toujours te satisfaire et te rendre heureuse, dit-il avec un sourire en me posant à terre lorsque nous atteignîmes la porte de ma chambre. Au fait, j'aime beaucoup ce pantalon.

— Parce qu'il est moulant ?

— Non, parce qu'il est facile à déchirer.

D'un geste de la main, il arracha mon pantalon de yoga. Déchiré. Mon. Pantalon. De yoga.

Certaines choses sont difficiles à pardonner, quelles que soient les raisons qui les motivent.

— C'était mon préféré.

— Je t'en achèterai un autre. C'est l'heure de se mettre à poil.

Bon, d'accord… cette raison était valable.

— Oui ?

— Oui. Que penses-tu de l'idée que je te demande d'être officiellement ma compagne, Coco ?

— Je dois avouer qu'on ne me l'a jamais demandé avant.

Son grognement résonna dans toute la maison alors qu'il attrapait mes hanches d'une main brutale et me poussait à reculons dans ma chambre.

— Non, c'est vrai. Et personne n'aura plus jamais l'occasion de la faire. Tu es à moi, Coco. Tout à moi, putain.

J'avais rêvé d'entendre ces mots toute ma vie.

— Prouve-le.

Il s'exécuta. Six fois cette nuit-là. Il me demanda également d'être sa compagne. Sa compagne à vie.

À lui.

Point final.

Le grondement qu'il émit en le faisant, en me mordant le cou tout en jouissant en moi, était probablement le son que je préférais au monde. Mentalement, je fis le vœu qu'il grogne ainsi tous les jours du reste de notre vie.

Il se pourrait que je ne regarde plus jamais une rediffusion de *Friends*, mais vivre avec mon compagnon en valait bien la peine. Magnus en valait la peine.

À moins que l'épisode où Ross refuse de payer la livraison de son nouveau canapé ne repasse. Il valait son pesant d'or, et je pourrais le regarder avec mon compagnon. Magnus devait apprendre la vraie signification du mot soutien.

ÉPILOGUE

COCO

Un mois. C'est le temps qu'il me fallut pour permettre à Magnus d'emménager chez moi. Même si nous n'étions pas restés séparés depuis qu'il m'avait demandé d'être sa compagne, nous ne le rendîmes officiel qu'au bout d'un mois. En plus de l'avoir laissé apporter chez moi la plupart de ses livres, son ordinateur professionnel, sa brosse à dents et son incroyable collection de tee-shirts. Ses tee-shirts étaient larges et confortables, en fait. J'étais obsédée par le fait de les porter... et rien d'autre. En réponse à cette obsession, Magnus avait pris l'habitude de me les enlever très lentement. Hors de question de déchirer les tee-shirts. Par contre, mon pantalon de yoga... eh bien, j'aurais aimé qu'Amazon propose une option d'abonnement pour économiser. Magnus remplaçait toujours ce qu'il déchirait, mais quand même... ça commençait à s'accumuler.

Si je n'avais pas aimé ce qu'il me faisait ensuite, j'aurais probablement été en colère à propos des pantalons. Hélas, de multiples orgasmes avaient le don d'annuler toute ma mauvaise humeur. Aussi continuai-je à les porter, et il continua de me les arracher. C'était agréable.

Un grattement à la porte m'arracha au déballage des accessoires de cuisine que les déménageurs avaient apportés de son ancienne adresse à l'est. Caser deux maisons en une seule supposait des choix : ce que nous conservions et ce dont nous nous débarrassions. Nous n'avions vraiment pas besoin d'avoir des choses en double, alors j'avais été missionnée pour faire le tri. La plupart de ses accessoires partirent car la cuisine était mon domaine, à part une cafetière à piston plus jolie que la mienne. Celle-là, nous la garderions.

Un autre grattement. Mince.

— J'arrive !

Ce devait être Magnus qui revenait de son escapade. Le loup en lui s'était bien intégré à Kinship Cove : les forêts environnantes et les montagnes lui offraient l'espace nécessaire pour s'évader et laisser son instinct s'exprimer. La meilleure partie était qu'il avait tendance à revenir tout énervé et excité de ses sorties. Alors il me désirait. Il voulait me plaquer au lit et me faire crier pendant des heures.

Cette partie ne me dérangeait pas le moins du monde.

J'ouvris la porte avec un large sourire en laissant entrer le loup gris, couvert de boue.

— Tu es un compagnon très sale. Dois-je laver le loup ou l'homme ?

Magnus reprit sa forme humaine et se tint devant moi, la peau couverte de boue. Toute cette peau. La nudité de Magnus était un vrai spectacle. Je ne me lasserais jamais de l'admirer superbement nu. Du moins j'espérai ne jamais m'en lasser.

— Si tu me promets un bain avec toi, alors je suis ton homme.

— Et si je ne le faisais pas ?

Il grogna, puis se rua sur moi pour m'attraper et me plaquer le dos au mur. L'extrémité de son érection me frottait aux beaux endroits.

— Tu ne veux pas être nue avec moi, ma beauté ?

— Bien sûr que si, mais pas dans la baignoire.

Le sexe dans l'eau ne fonctionnait pas… du moins, pas pour moi. Le sexe sous la douche, oui. Mais pas vraiment dans une baignoire.

— Tu veux juste que je te prenne contre le mur de la douche.

Je plaidai coupable.

— N'importe quel mur m'ira, sincèrement.

Mon estomac se contracta de désir en voyant son sourire.

— Comme celui où je te tiens en ce moment ?

— Oui.

Je me penchai pour l'embrasser et grognai quand il pénétra ma bouche de sa langue. Cet homme savait vraiment embrasser. Que disais-je ? Cet homme savait tout faire, comme me faire jouir plusieurs fois adossée au mur. Ou par terre. Ou encore dans la douche. Et au lit. Sur le canapé. Sur la terrasse. Dans la voiture… J'étais une humaine chanceuse, très chanceuse.

— Je te veux dans un lit, dit-il avant de suivre la ligne de mon cou de ses baisers. Je veux t'allonger et lécher ton sexe jusqu'à ce que tu cries.

Comment refuser une telle proposition ?

— D'accord.

Il ricana, maintenant sa poigne pour se tourner et se diriger vers l'escalier. Mais pas avant de saisir mes fesses.

Puis de déchirer mon pantalon de yoga avec ses griffes.

— Oups, lâcha-t-il avec un air impénitent.

— Tu l'as fait exprès.

— Bien entendu. Ce pantalon me donne envie de te déshabiller.

— Alors laisse-moi une chance de l'enlever.

Tandis qu'il s'engageait dans l'escalier, j'enroulai mes jambes autour de ses hanches et le chevauchai jusqu'à l'avoir aussi dur que possible. Je me balançais et me tortillais comme une folle à la recherche de sa première extase, avant même qu'il n'atteigne le premier étage.

— Patience, ma beauté, gémit-il en atteignant le haut de l'escalier.

— Tu as attendu très longtemps de me trouver. Ne me fais pas endurer la même chose.

Il avait vécu une centaine d'années sans moi… mais je ne pouvais patienter trente secondes. C'était quand même supportable. Il aimait que je sois en demande et en manque de lui. Il aimait tellement cela qu'il m'allongea sur le tapis en haut de l'escalier et remonta mon tee-shirt autour de mon cou.

— On a assez attendu, lança-t-il en prenant mon téton en bouche pour me faire gémir. Nous avons été séparés suffisamment longtemps.

C'était exact… lui pendant un siècle, et moi beaucoup moins. Mais cela n'avait aucune importance. Nous nous étions trouvés, et rien ne se mettrait entre nous. Ni mon passé, ni le sien, et surtout pas son fils. Nico et Fiona avaient quitté Kinship Cove pour se rapprocher de sa meute, ce que Fiona avait vraiment à cœur, et Nico, lui… il avait suivi le mouvement. C'était vraiment cette femme qui portait la culotte dans leur couple.

Et moi ? J'essayais de porter un pantalon, mais Magnus le déchirait chaque fois.

Et c'était quelque chose dont je ne me plaindrais jamais.

Merci d'avoir lu *Un loup à croquer*. J'espère que vous avez aimé l'histoire de Coco et Magnus autant que moi. Envie de découvrir ce qui arrive quand la flamboyante Ginger rencontre son âme sœur en la personne d'un dragon métamorphe prêt à tout plaquer pour l'avoir ? Découvrez *Un délice de dragon*, le deuxième tome de la série *Compagnons & Macarons*, dans l'univers de Kinship Cove, où l'amour paranormal aussi drôle que sensuel règne en maître.

À PROPOS DE L'AUTEUR

Conteuse d'histoires depuis qu'elle a appris à parler, l'autrice de best-sellers Ellis Leigh, reconnue par *USA Today*, a grandi entourée de légendes familiales parlant de hantises, de médiums et d'amour qui dure des décennies. Ces histoires n'avaient pas toujours les fins les plus heureuses, mais elles l'ont inspirée pour écrire des histoires parlant de la vraie vie, du véritable amour, et des difficultés qui y sont liées. Des fermiers aux loups-garous, des employés de magasin aux sorcières – s'il y a de l'amour dans l'air, elle en écrira l'histoire. Ellis vit dans la région de Chicago avec son mari, ses filles, et un berger allemand qui refuse de s'éloigner d'elle.

Ellis écrit également des romances à suspens sous le pseudonyme de Kristin Harte, des enquêtes policières paranormales sous le pseudonyme de Millie Thorne, et de courtes histoires érotiques thématiques avec l'autrice Brighton Walsh sous le pseudonyme de London Hale.